VIRTUAL SINGER

五線譜の王子様
狛江乃輝亜
千の心臓を持つ女優
神田依桜
妹が天才なだけの一般人
（自称マネージャー）
池袋楽斗

AUTHOR
三河ごーすと
ILLUSTRATION
necömi
顔さえ
EVERYONE HAS TALENT.
よければ
IF ONLY WE COULD REALIZE IT.
いい教室
1. 詩歌クレッシェンド

「難しいことは、兄におまかせ。
素敵な音が聴ければ、まんぞく」

顔さえよければいい教室
1．詩歌クレッシェンド

三河ごーすと

ファンタジア文庫

3214

口絵・本文イラスト　necömi

CONTENTS

EVERYONE HAS TALENT.
IF ONLY WE COULD REALIZE IT.

第０話　まずは主役を紹介しよう

２０２０年代において顔で他人を判断するのは時代遅れだと偉そうな大人はみんな言う。ＳＮＳを漁れば顔の良し悪しにかかわらず幸せになったと自慢する書き込みは数知れず、街頭インタビューに答えるひとびとは口をそろえて顔より性格が大事だと断言する。

しかもそれはかっこつけたい気持ちからそう答えるわけじゃなくて、ただ素直に彼らにとってそれが事実だから言ってるだけだ。実際、いまどきは彼氏彼女を作ろうってときに、相手の顔をいちいち見ないってこともよくあるのだ。

バトルロワイヤルＦＰＳゲームの大ヒット作『ＥＰＥＸ』に入り浸り、そこで出会った異性とＤ　Ｍを送り合って、お近づきに……それこそがデジタルネイティブのナンパの在り方である。マッチングアプリ？　あれはパパ活専用な。

しかしながら十八歳、そんな時代のド真ん中を漂う若者のひとりのくせしてこの俺——池袋楽斗は、自称内面主義者たちの言葉を信じきれずにいた。

いや、だってさ。

「おまえらのプロフ画像、みんなイケメン美女じゃん……」

自撮り。アニメイラスト。どちらにせよ、あきれるほどイケてるやつを設定している。

他人からかっこよく見られたいって、絶対思ってるじゃん……。

そう心の中でつっこみをいれながら俺は目の前に現れたイケメンプレイヤー（アバター）の顔面に、ありったけの9㎜パラベラム弾をぶち込んだ。

画面に勝利演出が表示されると俺はWIZCODE（ウィズコード）（通話とチャットができるアプリ）のミュート機能を解除して、仲間と健闘を称（たた）え合った。

「ガクガク殿、最後のやつナイスショットですぞ」

「どうもどうも、ジークさん」

「配信でイキってた連中みたいですがねぇ。負けたとたん顔真っ赤で切断するとは、最近の若いもんは礼儀ってもんを知りませんな」

「恥ずかしくないんすかねー」

「まったくですな」

ガクガクとは俺のことだ。池袋楽斗だからガクガク。適当に名付けた。

通話の相手はジークさんといって、ゲームの中だけの友達だ。顔も本名も知らない。知っているのは、声が渋くてイケてるってことと、パソコン関係の仕事をしてるってことくらい。

アニメキャラに影響されたような古風な口調はすこし奇妙に感じるが、個性のひとつと思えば大して気にならない。

「そういえばもう聴きましたかな、〝シーカー〟の新しい『歌ってみた』動画。おととい アップされておりましたぞ」

「『海底に笑う』のことですか」

「いかにも、いかにも」

ジークさんは上機嫌に笑って、

「深海に沈みゆく音と透き通る歌声の組み合わせが耳に心地好(ここちよ)くてですなぁ。ここ最近は不眠症気味だったもので、ずいぶん助かっておりますぞ」

「あの曲はヒーリング系に特化してますからね。疲れた現代の若者にしっかり刺さってるみたいです」

〝シーカー〟とはネットでボーカル活動をしている一般人——いわゆる〝歌い手〟。

動画投稿サービスWAYTUBE(ウェイチューブ)のチャンネル登録者数は8万人。有名人か否(いな)かの境が

10万から100万人だとするとまだマイナーの域を出ているとはいえないだろう。しかし、投稿するオリジナル曲や〝歌ってみた〟動画はいずれも異常なほどハイクオリティで、その評価の高さを裏づけるようにGOOD数や再生数の平均値はかなり高い。

知る人ぞ知る。アングラで人気の。密かな人気を誇る。――もしメディアに取り上げられるとしたら、そんな言葉で紹介されることになるであろう新進気鋭の女性歌い手。それが〝シーカー〟だ。

「気に入ってもらえて俺もうれしいですよ。フフフ」

語る声に喜びが滲む。

それもそのはずで、何を隠そう〝シーカー〟は俺がオススメした歌い手である。自分が好きなものを誰かが褒めているのは素直に気分がいい。

「布教されたときは疑い半分だったのですが、いやはやまさか拙者がドハマリするとは」

「無名の歌い手と聞いたら、身構えるのも無理はないかと」

「ハハハ。まこと食わず嫌いはいけませんなぁ。拙者、戒めとさせていただく所存ですぞ。……ああ、ただ、ひとつだけ残念なことがありましてな」

「ほう」

相槌が古風になってしまう。ジークさんとの会話は楽しいが、口調の感染力が強すぎるのだけは困りものだ。

「素顔を隠して活動しとるじゃあないですか」

「ああ、まあ、Ｖ（ブイ）ですからね」

Ｖ……バーチャル、の頭文字を取ったスラング。ＷＡＹＴＵＢＥ上で素顔を晒（さら）さず隠し、代わりにアニメキャラのようなアバターを使って活動する者をＶＴＵＢＥＲと呼び、それを略してＶと呼ばれている。

Ｖの中にも更に動画勢、配信勢といった小さな分類がある。〝シーカー〟のように主に歌モノの動画ばかりを上げているＶはＶＳＩＮＧＥＲ（バーチャルシンガー）と呼ばれることもあった。

「つまりブスというわけでありましょう」

「●（ころ）すぞ」

思わず不適切表現が口から出た。

ネット越しの相手にはいくら親しくても敬語を心掛けている俺だが、喧嘩（けんか）を売られたら話は別だ。けっしてテロリストに屈しない大国のように、爆弾をブッこまれたら容赦なく報復させていただく所存。

「素顔を隠しているのは自信がないからでは？　つまりブスなのでは？」

「プライバシーを重視してる人もいるんですよ」

　そう言って、俺は彼のＴＷＯＩＴＴＥＲ（トゥイッター）のフォローを外した。

「かわいい声を出すにはある程度、肉付きが良いほうが有利と聞いたことがありますぞ。つまりデブなのでは？」

「全方位に失礼なんで撤回してください。あと普通に見た目も声もかわいい人はたくさんいます」

　そう言って、俺は彼のＥＰＥＸのフレンド登録を外した。

「ネットで〝シーカー〟の素顔が流出してましたが、しっかりブスでしたぞ」

「いやあれ偽物（にせもの）だから」

「ほう。どうして言い切れるのですかな？」

「え。あ。まあ……」

　彼のＷＩＺＣＯＤＥのフレンド登録を外そうとカーソルを動かしていた手が止まった。

　適当な言い訳を探してちらりと視線を脇にやる。

　パソコンの右下に表示されたデジタル数字が示す時刻は、夜の９時。

「おっと、もうこんな時間だ。夕飯つくらないと」

「逃げましたな」

「違いますって。うち自炊派なんで」

「むむむ。気になる匂わせをされたままではますます夜眠れなく――」

「『海底に笑う』を無限ループしといてください。んじゃ！」

会話を強引に打ち切り通話を終了。ジークさんはまだ何か言いたげだったが、これ以上話していたらいらないことをしゃべってしまいそうだった。

さすがに申し訳ない気もしたので、ＴＷＯＩＴＴＥＲのフォローとＥＰＥＸのフレンドは戻しておいた。これでおあいこだろう。

ひとまずごまかせたことに安堵し、ふぅとひと息ついた俺はパソコンの電源を落として席を立った。

自室を出てキッチンへ。シンクの収納を開けると、雑に詰め込まれたカップ麺の容器をつかんで慣れた手つきでビニールを破り、電気ケトルで沸かした湯を入れて準備完了。

自炊派じゃなかったのかって？　もちろん自炊派だ。どう考えても三食ジャンクフードやコンビニ飯より自炊のほうが良いと思ってる。健康的だし、自炊しないやつは馬鹿だと思うね。だが、それはそれとして、

（面倒くさい！　やりたくない！）

自炊派だが、自炊するとは言っていない。人間とは必ずしも正しいとわかってることをやれるとは限らない生き物なのだ。

それに最近は自炊しようにも食材自体がけっこうお高めだって事情もある。健康的な食生活は贅沢（ぜいたく）。いまはそういう世の中だ。

ふたりぶんのカップ麺を準備すると、俺は青とピンクの安っぽいプラスチック箸を二膳、束ねて持つと、そそくさと自分の部屋——の、隣の部屋へ向かった。

「メシの時間だぞー」

声だけかけてドアを開ける。まだ返事もされていないのに勝手に開けるとはけしからん、と知らない人が見たら言うかもしれないが、俺たちの関係においてはごくごくあたりまえの行為だ。

部屋の中は真っ暗だった。人が入ってきたのに誰かが身じろぎする気配もない。

電気を点（つ）けると、室内はひどい有り様になっていた。脱ぎ散らかされた衣服、開封後に雑に放置された通販の段ボール。どう見ても空き巣に荒らされた直後という様子だったが俺はいっさい焦（あせ）らなかった。

なぜなら、これが通常営業。これがこの部屋の正しい在り方だから。むしろ綺麗（きれい）に整理整頓されていたらそのほうが事件を疑う。

「まーた聞こえてないのか。没頭しすぎだってーの」

無人の室内に軽くため息をついて、俺はよどみのない足取りでまっすぐクローゼットに近づいた。

「……うおっ⁉」

開けた途端、むわっとした熱気が漂ってきて俺は思わず仰け反って、

「おまえ、よくこんな場所に長時間いられるよな」

「ん。……どしたの、兄」

耳を澄ましていなければそのまま溶けてしまいそうな眠たげな声。

活力をまるで感じさせない、干からびたくらげのような脱力感をまとって、ゆっくりと振り返ったのはひとりの女の子だった。

もう一年以上美容室に行っていないせいで好き放題に伸びた長すぎる髪。綺麗な銀色の——と、俺のおかしくなった目にはそう映っている髪は、日光を浴びてなかったり3日に一度ぐらいしか風呂に入ってないせいで何らかの化学変化が起きてるに違いなくて、暗いクローゼットの中では妙にキラキラ輝いて見えた。

ぶかぶかのTシャツをだらしなく着ていて、ふとももまでが裾で隠れているが、その下はどう考えてもズボンのたぐいを穿いていない。たぶんそこにあるのはすぐさまパンツ。

顔だけは美少女、と、俺の主観ではそう断言できるのだが、実際のところ長すぎる前髪のせいで目鼻立ちがハッキリしない。彼女の素顔を知らない人間から推定不細工と扱われ

たとしても、文句は言えないだろう。

「夕飯だぞ、詩歌(しいか)」

「……とんこつ?」

「片方はな。もう片方はチリトマト。好きなほうをくれてやろう」

「辛(から)いのきらい」

そう言って、詩歌——俺の妹である池袋詩歌は、俺の手からとんこつヌードルの容器を奪い取った。

よれよれのシールをおぼつかない手つきで剝(は)がすと、一瞬だけ顔に直撃した湯気に顔をしかめて、

「いただきます。……んま」

「まだ3分経(た)ってないぞ」

「硬めが好き」

「カップ麺に硬めもやわらかめもないだろ……」

あきれながら俺はクローゼットの中へと目をやった。

空調さえ利いていない密閉された空間。

衣服を収納することを目的として造られたこの場所は、本来の用途で使われていないの

はあきらかだった。

デスクとパソコン。コンデンサーマイク、オーディオインターフェイス、ヘッドフォン、反響を防止するための吸音材に、防音材。

パソコンの画面には頭に鋼鉄の拘束具をつけた美少女キャラクターのイラストが壁紙になっている。

「収録してたのか？」

「ううん。いまは、編集作業」

「そか」

「ん」

「この前の動画、友達が絶賛してたぞ」

「『海底に笑う』？」

「それ」

「そう。そのひと、青が好きなんだ。かわいそう」

「かわいそう？」

「疲れたときに聴きたい色だから。あれが好きになれるくらいには疲れてるんだと思う」

「そういえば、不眠症って言ってたなぁ」

……それにしても、自分の歌が褒められたっていうのに喜ぶそぶりすら見せないとは。

俺なら小躍りしてドヤ顔して上機嫌で鼻歌なんか歌ってみせるところだが、天才って人種の感性は俺のような凡人とはかけ離れてるってことなんだろう。

自分の妹じゃなかったら、俺の人生と本来交わるはずもない圧倒的な才能。

そう、天才VSINGER〝シーカー〟――アングラで密(ひそ)かに注目を集めつつある謎の少女の正体こそ、俺の妹、池袋詩歌なのだった。


ここで念のため断っておくが、この物語の主人公は俺じゃない。

俺はあくまで語り部(べ)として、池袋詩歌というひとりの天才の生涯を隣で追いかけ続けるだけの、ただの一般人だ。

その過程で俺自身も何か特別な物語に巻き込まれたり、恋人ができてしまったり、成功の階段を上るようなこともあるかもしれないが、それは副産物であって、物語の本筋とはいっさい関係ない。

これは池袋詩歌が歌い手として頭角を現し、やがて世界中の人間を振り回していく姿を描いた物語。

顔さえよければいい教室から始まる、天才たちの青春と闘争の物語である。

1. 詩歌クレッシェンド

第0・5話　招待

「だるい……外、出たくない……太陽の光、溶ける……」

「ワガママ言うんじゃありません」

その日は例年と比べてもやや平均気温の高い1日だった。まだ4月上旬、衣替えも迎えていない春休みの最中にしてはかなり暑く、歩いているだけで額からだらだらと汗が流れて頬を伝いあごから落ちる。

「来週、2日ぶん歩くから、まとめ払いで。……だめ？」

「だめ」

「……兄のケチ。ケチ兄」

「はっはっは、悪口に語彙力がなさすぎて効かねえなぁ。俺をキレさせたいなら、もっと類語辞典を読みやがれ」

「陰キャ童貞」

「言っていいことと悪いことがあんだるおぉぉォォォォイ!?」

平日のド真ん中。特別なイベントなど何もないにもかかわらず、どうしてこんな暑い日にわざわざ詩歌と兄妹水入らず、こうして外を歩いているのかというと実はのっぴきならない事情があった。

「約束だろ。最低でも週に1回以上。1時間以上の外出、散歩。――どんなワガママでも聞いてやるけど、これだけは絶対に譲らねーよ?」

「むぅ……」

ふくれっ面も愛らしい、我が妹。

どんなワガママでも聞いてやりたくなるが、健康のためには心を鬼にしなければ。

定期的な運動の習慣、マジ大事。

中学ンときから引きこもりで家からほとんど出ない人間は、特に。妹を運動不足が原因の生活習慣病で失ったりしたら悔やんでも悔やみきれん。

都会から電車で30分。典型的な地方都市に俺たち兄妹の家はあった。

すこし歩けば寂れた公園にたどりつく。近隣住民の苦情のせいか単に時代の流れなのか、遊具のたぐいはほとんど置かれていない。いっそのことすべて撤去してしまえば綺麗だろうに、なぜか敷地の真ん中に幼稚園児向けのショボいすべり台がひとつだけポツンと置かれている。

「春休み中だってのに子どもがひとりも見当たらねえ」

「しかたない。いまは家で遊ぶほうがたのしいし」

「娯楽はスマホで充分ってか？　かー、やだねえ、ガキの頃からソシャゲやり放題、動画見放題が許される家庭は、その時点で恵まれてるってのに。金ない家の子どもの遊び場ぐれえ税金で作ってくれよ」

「わたしは、これでじゅうぶん。……はふぅ」

文句たらたらの俺の横をするりと抜けて、詩歌はすべり台のスライドにちょこんと腰を下ろした。

「運動しにきてるんだから座るなよぅ……」

「兄の席は、ない」

「子どもか」

頬をふくらませてすべり台の領有権を主張する詩歌は、とても中学を卒業したばかりの年齢には見えない。

まるで小学生のまま時間が止まってしまったかのように言動は幼く、発育も遅れ気味。

外見だけを見て、詩歌の正体が才能にあふれる歌い手だと見抜ける人間は、きっとそう多くないだろう。

「ところで、兄。つっこみ、いい？」

「べつにいいけど。なにその質問」

「健康を気にするのに、なんでいつもカップ麺？」

「金がないから」

「自炊のほうが安いって、ネットに書いてあった」

「その情報は古い。あと自炊とそれ以外をちゃんと比べたことのないやつの机上の空論だ」

「そうなの？」

「スーパー行ってみるか？　最近のお野菜は高級食材だぞ」

「びっくり」

「表情をいっさい変えずに口でだけびっくりされてもなぁ」

我が家の食卓の話なのにどこまでも他人事（ひとごと）のよう。

実際、うちの家計がどんな状態で、どんな事情でいまの食事になっているかなんて詩歌は知らないし、あまり興味がない。目の前に出されたものを食べるだけ。歌以外のことは、良い意味でも悪い意味でも関心が低い。

「収益、たりない？」

「おかげさまでそこそこ稼げてる。……が、生活費にはちっと足りんのよなぁ」

「びっくり」

「WAYTUBE(ウェイチューブ)の『歌ってみた』動画の広告収入は、半分は曲の権利元に流れるようになってるしな。再生数のわりに歌い手の手取りは少ないんだよ。オリジナル曲は、そう簡単には量産できないし」

「へー」

「反応薄(うす)っ！」

「むずかしいこと、よくわからないから。兄(あに)におまかせ」

「まあ、最初からそういう約束だしな」

詩歌が財布事情に投げやりなのはいまに始まったことじゃなく、〝シーカー〟としての活動を始めた最初の最初から首尾一貫している。

もともと妹に歌の才能を感じて、やらせてみたのは俺だった。天才にありがちなことだと思うが、詩歌本人には有名になりたい欲求とか稼ぎたい欲求が致命的に欠けていて、己のやりたいことをやりたいようにやっているだけ。V(ブイ)の皮をかぶせたり、お金や権利の管理をするような、歌に関係ない面倒くさい作業ぜんぶ俺が引き受ける——それが、ふたりで活動を始める際の約束だった。

しかし、困った。どうにかやりくりしながら頑張ってきたが、そろそろＷＡＹＴＵＢＥだけで暮らしていくのは厳しいかもしれない。カップ麺生活が不健全な自覚は、俺にもある。

公園の入口に子連れの主婦が三組ほどでやってきた。子どもたちを公園で走り回らせている間にママ同士の井戸端会議としゃれこもうって寸法だろう。

だが彼女らは俺たちの姿を見てあきらかに眉をひそめ、ひそひそと話し始めた。

その目には、蔑む感情がしっかり浮かび上がっている。

こんな時間から外をほっつき歩いている小汚い服装の男……そういう目で見られている。

勘違いや被害妄想じゃない。

夕飯の買い出しに行くとき、この手の視線はいつも浴びている。

平日の昼間に自由な時間を過ごしている無職に、この国の人間は冷たいのだ。

「けどまあ実際、食えてないなら働かなきゃだよなぁ」

俺、池袋楽斗。十八歳。

妹の才能におんぶにだっこで就職せず、家事とネトゲと妹の世話だけで生きていきたかったが、ついに年貢の納め時ってやつか？

「いやだぁ……」

会社の中でしょうもない人間関係に摩耗させられながら生きるなんて、想像するだけで吐き気がする。

どうにかこうにか働かずに生きてく方法を模索したいのだが。

「「「きゃあああああ‼」」」

とつぜん響いた女性の悲鳴に、俺の意識はハッと現実に引き戻された。

白昼堂々、変質者でも現れたのか？

そう思って声のした方向――公園の入口のほうを見ると、さっきまでひそひそ話をしていた主婦たちが、不審な挙動をしていた。

スマホを片手に構え、もう片方の手を大きく振りながら飛び跳ねて。とても大人とは思えない、みっともないはしゃぎっぷりだ。

さっきの悲鳴も、どうやら恐怖の悲鳴ではなく、黄色い声だったようで、

「ケイ様～！」「生ケイ様よ！」「きゃあああ、信じられない。幸せ！　死んじゃう！」

文字通り、俺たち兄妹を見ていたときとは目の色が変わっていた。

いつの間にか公園の入口には黒塗りの高級車が停(と)まっていた。どうやらそこから降りてきた人物に主婦たちは群がっていたようだ。

「あー、ごめんねぇ。いまはお仕事中だから、そーいうのは後にしてネ☆」

「「「はぁい♪」」」

低くて渋いのに、ノリだけは軽い男性の声。

溶かされたアイスクリームのように甘ったるい返事とともに主婦の壁がさっくりと割れる。

そうして姿を現したのは、ひとりの壮年の男性だった。

年齢は三十代半ばだろうか。背丈はそこそこ高く、歳(とし)相応の地味な色の上下を合わせている。

イケメン……かどうかは、正直、よくわからなかった。

なぜならその男性は黒のサングラスをかけ、テンガロンハットを被っていて、いまいち顔が見えないからだ。

露出したあごの部分にだらしなく無精ひげを生やしていなければ、もうすこし若く見積もったかもしれない。

男性はまっすぐに俺たち兄妹のほうに歩いてくると、

「やあ、こんにちは」

と、にこやかに挨拶してみせた。

「……ども」

「………」

警戒心を最大に、上目遣いで会釈する。

詩歌に至っては無言である。人見知り発動で、俺の服をきゅっと握っている。

主婦たちの怪訝な視線がこっちに向いていた。

グラサンの怪しいおっさんに声をかけられてる中高生——構図だけならあきらかに事案なのだが、どうやら主婦たちは男性ではなく俺たちのほうを訝しんでいるようだ。

……このおっさん、有名人なのか？

「何か用っすか」

「あらら。僕を警戒する人なんて久しぶりだなぁ。テレビとか見ない子？」

「家に置いてすらいねーっす」

「わお、時代だねえ。WAYTUBEを活動の拠点としてるイマドキの子はそーいうモンなのかな。——ねっ、〝シーカー〟さん☆」

「なっ……!?」

俺はとっさに詩歌の姿を隠すように前に出た。

――特定された？　なんで？　どうやって？　アカウント情報にプライベートな情報はいっさい入れてないし、生身の俺たちにたどりつく術なんてないはずなのに。

「あんた、いったい何者だ？」

「んふ♪　自己紹介に名刺が必要になるときが来るとは、感慨深いねぇ」

気色悪い笑みを浮かべて、おっさんは1枚の名刺を差し出した。

天王洲　圭
株式会社天王洲エンターテインメント　代表取締役社長
一八ライブ株式会社　代表取締役社長
私立繚蘭高等学校特別スカウト

「これは……！」

名刺に並ぶ輝かしい肩書きの数々。凄すぎて逆に詐欺くさいが、もし本物だとしたら、目の前の人物はシンデレラにかぼちゃの馬車を与えにきてくれた魔女に違いない。

俺が目の色を変えていると、おっさん――いや、天王洲圭、否、ケイ様はイケてる口の端を持ち上げて魅力的に微笑(ほほえ)んでみせた。

「天王洲圭。元イグニッションのアイドルで、現在は話題の若手実業家。一八ライブってのは君らも聞いたことあるでしょ?」

「しらない」

「え?」

「あー! あー! 妹はそういうやつなんで! すんません、ホントすんません! 交渉事は兄の俺が担当してますんで!」

顔色うかがい能力ゼロの妹を背後に押しやって、前に出る。

土下座外交は兄の専売特許だ。知恵も学歴も運動神経も秘められし特別な才能も、何もかもを持ち合わせていない俺の唯一の長所は、楽して生きていけそうな気配を感じたら秒でしっぽを振れるみっともなさ。プライド? そんなものは、ネズミにかじられまくったリンゴみたいにボロボロに欠けている。

「ま、いいや。とりあえず本題なんだけどね」

「はい、なんなりと」

「池袋詩歌さん。彼女を、芸能人にしてみる気はないかい?」

「します」

即答した。

天王洲圭、否、ケイ様は目を丸くして。

「いや、もうすこし悩まない？　人生の大事な転機だよ？」

「悩む必要なんてあるもんですか。〝シーカー〟をメジャーデビューさせてくれるんですよね？」

「ゆくゆくはそのつもりだけど……」

「CD販売、サブスク、カラオケ印税、ライブ、テレビ出演、CM出演、何でもやります。靴も舐めますし、枕営業――は妹にはさせられませんが、俺でよければいくらでも！」

「ちょ、ちょ、ちょ、待ってよ。人聞き悪いってばぁ、それ」

あわてて俺の言葉を遮って、彼はちらりと背後をうかがった。一般人の耳を気にしたのだろうけれど、幸い、公園の入口でこちらの様子を見ている主婦たちには聞こえていないようで、きらきらした目をしているだけだった。

「残念ながら、君は大きな勘違いをしている」

「やはり枕は本人じゃないと駄目ですか。もしそうだとしたらこの話はなかったことに」

「違うから。その話から離れてくれる？」

「はい」

「まず、僕がスカウトしてるのは〝シーカー〟ではなく、池袋詩歌本人だ」

「V(ブイ)としてじゃなくて……生身で？」

「そう。そしてもうひとつ、これはメジャーデビューを約束するお誘いじゃあないんだ。名刺に書いてあるでしょ」

「私立繚蘭高等学校、特別スカウト」

「音楽、演技、ダンス、ファッション、ありとあらゆる分野の才能が集まる芸能の学び舎(や)。ゆくゆくは芸能界の頂点に君臨するような一流のスターを生み出すために創られた学校でね。――詩歌さんには是非、その学校に入学してもらいたいんだ」

すっと俺の中で高まっていた熱が冷めていく。

そうだよな、都合のいい、美味(おい)しい話なんてあるわけないよな。

「どうしても生身じゃないと駄目ですか」

「駄目」

「Vとしてのコアな人気を見て、スカウトに来たんじゃないんですか」

「いや」

ケイ様、否、天王洲圭は首を横に振った。

「歌唱力。純然たる歌の力が欲しいんだ。Vの活動は趣味で続けてくれて構わないが、僕は彼女に、生身で羽ばたく未来を期待している」

「生身にこだわる理由は？」

「より大きな世界で活躍するために不可欠だから。……もちろんVの皮をかぶったままで絶大な人気を獲得することも可能だろう。けど、生身でなければ取れない客層というのはどうしても存在する」

これまでの活動が否定されたような気がしてムッとするが、ふぅーと息を吐き出して、俺はすぐに自分を落ち着かせる。

――プロが言うなら本当なんだろう。実際、アバターで伸ばせる数字には限界があるんじゃないかと心のどこかでそう囁いてる自分もいた。

「事情はわかりました。仰る通りだと思います」

「おお。じゃあ来てくれるんだね？」

「ですが――」

理屈は理解している。だけど。

「残念ながら辞退します。うち、顔出しNGなんで」

「……んっ……んっ……」

答えながら振り返ると、俺の背中に隠れていた詩歌もコクコクと小刻みにうなずいていた。

「どうしても？」

「はい」

即答した。決意は固かった。

どれだけ粘られたとしても答えは変わらない。表舞台に顔を晒す気になれるなら、詩歌は最初からヒキコモリ不登校児なんてやっていないのだ。

「生活費、出るよ。学校の成績に応じて」

「えっ」

「願書組じゃなくて僕からスカウトされた子……いわゆるスカウト組は入学金や授業料が完全免除だし。初期費用はいっさいかからず、生活費ももらえて、卒業すれば一流スターへの片道切符。こんないい環境は滅多にないと思うけどねぇ」

「うっ」

詰まった。決意がやわらかくなりつつあった。

「WAYTUBEがあれば個人でも芸で食っていける時代になったけど、『歌ってみた』の分野は権利を二分するから大した広告収入にはならない。兄妹ふたりで美味しいご飯を食べるには、ちょっと心もとないんじゃない？」

「ぐぐ……」

歯ぎしりした。決意はもうおまんじゅうだった。

「じゅるり……」

詩歌もよだれをこらえていた。

「嫌なら仕方ないね。名刺、返してもらおうか」

「……！」

「おや？」

取り上げられそうになった名刺を、俺の指はがっちりとホールドしていた。

天王洲圭が強引に引き抜こうとするが、俺の指につままれた名刺は接着剤でくっついているみたいに微動だにしなかった。

「詩歌。……さすがに顔出ししたり、学校通ったりは、嫌だよな？」

「ん。嫌」

「でも、旨(うま)い飯は食べたいよな？」

「食べたい」

「通えるか、学校？」

「兄(あに)と一緒、同じ教室に通っていいなら、ギリギリ」

「……って、ことらしいんですが、そーいう交渉はアリっすか？」

媚びた目つきで天王洲圭を振り返ると、彼は胡散臭いひげを撫でながら考えるそぶりを見せて。

「オッケー！」

白い歯を見せ親指をサムズアップ、あっさり承諾してくれた。

「おおっ……！」

「ごはん……！」

「生活費の支給もふたりぶんでいいよ」

「神かっ」

「おかず、もう一品……！」

俺と詩歌は手を取り合い、目を輝かせた。

正直、外に出るのは億劫だし、学校なんていう空間には二度と行きたくなかった。だが、背に腹は代えられない。

働くよりは適当に学校に通うほうが百万倍マシだ。

それに、俺も詩歌と同じ教室に通えるというのは、これまでの学校生活と大きく条件が異なる。この条件があるだけで、俺としては、だいぶハードルが下がるのだ。

——俺の目の届かない場所で詩歌が傷つけられるような展開は、絶対にあり得ないから。それならまあ、もういちど学校に通ってみてもいいか、と思える。

顔出しの芸能人なんて詩歌には絶対無理だろうけど。

ひとまず3年間は生活費をもらうだけもらって、その期間中に〃シーカー〃として稼げるようになっておけば、なし崩し的に顔出し芸能人の道はお断りできるはずだ。恩恵だけ拝受して、こちらの都合が悪い展開になったらさっさとズラかればいい。

完全無欠、完璧すぎる計画だ！　はっはっは。

「それじゃ決定ということで。あっ、これは入学届ね。週明けくらいまでに提出よろしく。詳しい資料は後で送付するから。春休み明けたら早々、入学式から合流してもらう。そのつもりでいろいろ準備をしておくように」

「はい、あざっす！」

「池袋（いけぶくろ）詩歌——天才シンガーの入学をきっかけに、うちの学園がどう変わっていくのか、楽しみに見守らせてもらうよ」

そう言い残して天王洲圭（てんのうずけい）、否、ケイ様は、スタイリッシュに手を振って俺たちの前から去っていった。

「あの子たち、ケイ様にスカウトされてたわ！」「未来の大スターよ！」「きゃあああ、凄（すご）

い！　今のうちにサインもらっておこうかしら！」

公園の入口にいた奥様方の見る目が、あきらかに変わっていた。

現金だなぁ、と思いながらも。

「……まあ、悪い気はしねえな。ふ、ふふっ」

小市民な俺はふつうに調子に乗ってしまうのだった。

「ねえ、兄」

一方、小市民ではなく天才な妹のほうはというと。

「げいのうって、なに？」

「……それ知らないで話聞いてたわけ？」

「学校に兄と行けるってところと、ごはんがおいしくなるってところは理解した」

「大物すぎるだろ……」

歌の才能を高く評価されてハイレベルな芸能学園への入学が許可された。

その事実ひとつを取っても全国のタレント志望の多くが羨む一大事だというのに、この落ち着きようだ。

やっぱり俺の妹は、どこかネジが外れてるらしい。

芸能人のたまごが集まる学び舎——ヒキコモリの俺たちがうまく通えるのかすこし不安

だったが、詩歌の様子を見ていたら、そんな感情はどこかに消えてしまった。
まあ、大丈夫っしょ。俺の妹、天才だし。

第1話　入学

繁華街から徒歩数十分の場所では煌(きら)びやかな電子看板も人の喧騒(けんそう)も消える。生活のために必要な店やコンビニなどがひととおり揃(そろ)い、緑豊かな広めの自然公園と建ち並ぶ標準的なマンションが、いかにも過ごしやすそうな雰囲気だ。

その中に異様なくらい目立つ建物がある。

私立繚蘭(りょうらん)高校。

赤煉瓦(あかれんが)の壁で造られた、あえてレトロな雰囲気を演出した洒落(しゃれ)た校舎、興行にも使える野外ステージ、屋内プールに体育館、ＯＢの功績を保存する記念館、レッスンスタジオ等(など)の施設。横目に見える建物がいちいちハイセンスで、入学式に来たはずなのにまるで観光してる気分にさせられる。

大講堂へ向かう制服姿の生徒たちのおかげでかろうじて、入学式の日時と場所は正しいんだと安心できた。

とはいえ場違いなところに迷い込んでしまった感覚は否めない。

右を見ても左を見ても美男美女。

学力ではなく顔面の平均偏差値を割り出したら、軽く80は超えるんじゃなかろうか。

テレビに出てくるアイドルみたいな甘いマスクは標準装備、スリムな体型と姿勢の良さ、体にフィットした制服の着こなしからして並々ならぬ美意識の高さだ。

一方、俺。猫背、寝癖、寝不足のくま。俺のせいで平均偏差値を下げてしまっているんじゃないかと心配になってくる。

実際、俺と詩歌の姿は浮いているんだろう。道行く在校生や新入生たちから視線が向けられる。

「ねえ、あの人も新入生？」

「まさか。あんな地味メンが合格するわけないし、きっと兄弟の忘れ物でも届けにきたんだよ」

「でも制服着てるよ」

「えっ、うそ。じゃあ本当に生徒？　女の子の方も髪ボサボサだしスタイルも微妙だし」

「たまにすり抜けて合格しちゃう人もいるんだよねー。どうせすぐ脱落するけど」

「あー、それなー」

うるせえ、そんなの俺がいちばんよく知ってるっての。というか俺はともかく詩歌はかわいいんだぞ！　前髪のせいで証明できないだけで！　この学校の生徒たちの顔面偏差値に匹敵する可能性も否定しきれなくもなくはないレベルだという説もあるんだぞ。俺個人の感想だけど。

「……ま、無理もないか。ここの生徒が目指してる世界を考えたら、俺たちの気の抜けた格好はナメてるようにしか見えないだろうしなぁ」

芸能界と言ったら高き壁で有名だ。

芸能事務所が開催するオーディションへの応募者数は平均で3万人を超え、合格倍率は数千倍とも言われている。

記念受験も多少いるとはいえ、己こそが資格アリと自信のある者だけ数えても凄まじい人数だ。志半ばで心折れてオーディションの土俵にすら上がらなかった人間を含めたら、芸能界入りを望む者の多さが察せられる。

俺と詩歌の入学が、生活費を援助してもらえるからという下心ありきなのは、ある意味で幸運だったかもしれない。

この中で頭角を現すのは無理ゲーすぎる。大それた目標を掲げていたら心が折れていた可能性すらあった。

まあ凡人の俺と違って、詩歌には才能がある。案外と通用してしまうかもしれないが。

当の詩歌は、隣で呑気（のんき）に鼻歌を口ずさんでいた。

「るん、るん、るん」

「よくご機嫌でいられるな。雰囲気に呑（の）まれたりしないのか？」

「今日はいい風。葉擦れの音がちょうどよくて、気持ちいい」

「普段と違うのか……？」

「普段は透明。今日は黄緑」

「ぜんぜんわからん」

「この学校、いろんな色であふれてる」

校内を見回してしみじみと言う詩歌の横顔にハッとした。

それは、詩歌が歌っている理由と関係しているから。

屋外ステージでは入学式の朝にもかかわらずリハーサルに励む人間がいるし、スタジオ施設でもきっと何らかの音楽が奏（かな）でられているのだろう。防音が完璧な壁を通した音など俺には聴こえないが、ほんのわずかでも音の波を感じられるなら詩歌は『色』を認識できる。

たぶん詩歌(しいか)には、今この学校で奏でられているすべての音が視(み)えている。

「意外と楽しくやれる、かも」

「……ああ。だといいな」

声を弾ませる詩歌の顔に、俺も自然と笑みをこぼしていた。

学校に良い思い出のない俺たちだけど、詩歌が楽しく過ごせるなら、それに越したことはない。

そうして俺と詩歌は新生活への微(かす)かな期待に胸を躍らせて、入学式の行われる大講堂へと向かうのだった。

＊

換気が甘く、酸素の薄い大講堂には気だるい空気が漂っている。

芸能人養成高校といっても所詮は高校の入学式。偉そうな人たちの講釈を延々と聞いてるだけの退屈な時間を過ごすハメになる点ではふつうの高校のそれと何ら変わりなかった。

そう感じてしまうのは俺の感性が凡俗で性格がひねくれているから、というわけではなさそうなのは周囲の生徒たちの一様に眠たそうな顔を見ればわかる。

眠るに適さない硬いパイプ椅子が揺りかごに感じられるくらい、学校関係者のご高弁は長くて退屈だった。

隣の詩歌なんて開始3分で爆睡。

こてん、と俺の肩に小さな頭を預けて実家のような安心感で細い寝息を立てていた。

俺が寝ずに済んでいるのは詩歌のおかげだ。ここで俺まで眠ったら詩歌の頭を支え切れずに椅子から転げ落ちて、大きな音を立ててしまう。変な目立ち方をして生活費の支援をカットされたりしたら困るし、停学、退学なんてことになったら最悪だ。

明日の食費のためにも眠るわけにはいかない……のだが、このまま式が長引けば自信はない。

頼む。はよ終われ。

という俺の願いが天に届いたのだろうか。大講堂全体に漂っていた眠りを誘う気だるい空気に、とつぜん、ノイズが混ざる。

けっして不快ではない、心地(ここち)好い違和感。

『――続きまして、祝辞。在校生代表、タレント学科3年、首席、神田依桜(かんだいお)』

「はい」

司会に名前を呼ばれた女生徒が立ち上がり確かな足取りで壇上へと上がっていく。

華がある、とはこういう人のことを指すんだろう。

この瞬間、講堂内のほぼすべての視線が彼女に集まったんじゃなかろうか。

美醜の価値観なんてものは主観でしかなく、絶対の定規などありはしない……と、斜め上から物を見がちなひねくれ者を自覚する俺でさえ1秒で断言できる。彼女は美人だ。

まず姿勢が美しい。

背筋をピンと伸ばした立ち姿、そして歩くときでさえ体のバランスをいっさい乱さない。安定した体幹、所作の細部からあふれ出る品性と知性。文武両道を言葉ではなく己の身ひとつで証明してみせている。

次に体型が美しい。

制服という型に嵌まった服装にもかかわらず、鍛え抜かれて引き締まった腹部から腰にかけての見事すぎるくびれ。

下世話な意味ではなく、ギリシャ時代の彫刻を評するような気持ちで賞賛したくなる、芸術的なボディラインだ。

そして何と言っても、顔が美しい。

イケメン美女だらけの入学生たちでさえ霞んでしまうほどの、圧倒的な美がそこにある。

「神田依桜だ」

「マジ、あの神田依桜？」

「うそ、ドラマに出てるの見たことある！」

「やべえ、本物のオーラやばすぎだろ。変な汗かいてきたんだけど」

講堂内がにわかにざわつく。壇上の美女——神田依桜に目を釘づけにされながら、彼女について小声の会話があちこちで同時多発的に発生している。

俺以外の生徒たちからしても別格の存在らしい。

普段テレビを観ない生活を送っているから知らなかったが、すでにメディアに出演している有名人だったようだ。言うなればこの場にいる全生徒の目指す世界の住人。どうりで格が違うと思った。

神田依桜は壇上に立つとマイクの高さを合わせ、咳払いをひとつ。すぅっと息を吸い込んで。

『わめくな、ブタども‼　貴様らに人語を発する資格はない‼』

とんでもない罵声を轟かせた。

……な、何だ、いまのは。

予想外なひと言に講堂内はしんと静まり返った。

詩歌もいまの声で目を覚ました。

俺の肩から頭をどけて、ぱっちりと開いた目で壇上の神田依桜を見つめている。

「いまの声」

詩歌はぼそりとつぶやいた。

「すげえ大声だったよな」

「ううん。すごく、良い声だった」

「え？」

意味がわからず、訊き返す。

神田依桜を見つめる詩歌の目は、好奇心旺盛な猫みたいに爛々と輝いていた。

「大声なのに音がぜんぜん濁らない。マイクへの音のぶつけ方、声の出し方が完璧だから、不快感が、ゼロ」

「あっ、言われてみたら、たしかに。音もまったく割れてなかった」

「そして、ああしたことで、会場のみんながあのひとの言葉に耳を傾けるようになった」

詩歌の言う通りだ。

もはや誰も雑談をしていない。視線の中心にいながらも会話の題材でしかなかった神田依桜は、一瞬にして、話をリードする主役の立場を奪い取っていた。

そして彼女は怒りの表情から一転、にこりと微笑んで。

『……と、私は今、とある作品でこのような過激な発言をする人物の役を演じています』

茶目っ気のある、余裕たっぷりな口調でそう言った。

さっきのドスの利いた声がうそのような澄み渡る渓流めいた声だった。

そこからの神田依桜の祝辞はきわめて杓子定規な当たり障りのない内容で、退屈すぎて文字に起こす気にもならないものだった。にもかかわらず、新入生たちは最後まで静かに、真剣な顔で聞いていた。

ツカミが優れているだけでこうも変わるのかと驚かされる。

『――皆様はひとりひとりが蜜も毒も持ち合わせた素敵な花の蕾。ひとりでも多くの者が美しく咲き、いつの日か百花繚乱の世代と呼ばれることを願っています。愛でられし花々の教室で有意義な時間を過ごされますよう。繚蘭高校3年首席、神田依桜』

最後にそう締めると手元でカンペを綺麗にたたみ、丁寧に一礼した。

パチパチパチ――。と、豪雨のような拍手が響き渡る。

俺も思わず釣られて拍手していた。たぶん、感動してるポイントは他の人と違うと思うけど。

途中の内容こそ定型文っぽかったが、導入のインパクトと結びの言葉のオリジナリティは完璧で、惚れ惚れするほどの上手な手抜き。

　手抜きとは気づかれない手抜きという職人技は、なるべくサボって生きていきたい俺にとってはお手本にすべきものである。

　詩歌も小さな手をゆっくり、マイペースで、ぺしぺしとたたいている。わかりにくいが詩歌なりの拍手だった。

「凄かったな。あれが、この学校のトップクラスだ」

「ん。……あの人の声、好き。見たことのない色をしてた」

「へえ。何色？」

「わかんない。近いのは、紫色」

　珍しい。詩歌が色をハッキリと言語化できないことなんて、ほとんどないのに。

「ふつうの紫よりも淡くて、透き通ってて、きらきらしてる」

「神田依桜が、特別な才能の持ち主だからかね」

「わかんない。たぶん？」

「まあいずれにしても、だ。見たことない色に、たくさん出会えるかもな」

「ん。『音の絵具箱』、いっぱいにする」

　るん、るん、るん、と。小さく鼻歌を歌うご機嫌な詩歌を見ていたら、ああ、生活費のためとはいえこの学校に来て良かったなと、早くも思ってしまう俺だった。

＊

——前言撤回。こんな学校来るんじゃなかった。

ミュージシャン学科1年の教室、机に頬杖をつきながら俺は前方ではしゃぐ同級生たちへと湿った眼差しを向けていた。

俺と詩歌が陣取ったのは後方、隅っこの席。この学校はいわゆるフリーアドレスというスタイルらしく、固定の座席が宛てがわれず、各々好きな場所に座れる仕組みだ。ロッカーだけは教室前の廊下に固有のものが用意されていて、必要な荷物はそこに保管しておけるようになっている。

高校でフリーアドレスの座席は珍しい。日本だと大学に多いスタイルだが、やはり芸能にまつわる学校だからかふつうの高校とは違った価値観でルールが決められているようだ。

もっとも、この仕組みは俺と詩歌にとっても好都合だ。

くじ引きだとか担任の一存だとか、理不尽な方法で席が勝手に決められて、詩歌と離れることになったら最悪だった。

こんなクソみたいな環境で、詩歌(しいか)がひとりにならなくて本当によかった。

俺の睨(にら)んでいる先では、さっきからずっと地獄のような会話が繰り広げられている。

「ねえ聞いた？　沢村(さわむら)のやつ、ファッション学科にいるらしいよ」

「うそ、超ブスじゃんアイツ」

「それなー。服のセンスも絶対ないだろ。ウケル」

「高校デビューでも目指してんのかねー。中等部から高等部に上がったって、べつにブスが治るわけじゃないのにご苦労なこって」

「ねー」

……と、こんな感じ。

沢村っていうのは中学時代にいじめていた生徒の名前なんだろう。よくもまあここまで楽しげに悪口を続けられるもんだ。

おかげでこっちの気分は最悪。学校に来たくなかった理由の具体例みたいな存在がさっそく目の前に現れたら、誰だって萎える。

「てか、今年レベル低くね？　受験組もオーラないし」

「それなー」

さすがに同じ教室の人間を堂々とディスるのは気が引けるのか、声が小さくなっている。

……いや、聞こえてるし、視線がこっち向いてるのも気づいてるけどな？　隠しきれてないけどな？

「ま、ウチらも今年のトップは諦めてっけどねー」

「いやほんとそれ。ふつうに無理っしょ。No.1はエリオ以外ありえんてぃだし」

「それな！」

「当然、学年のトップ狙ってくんでしょ？　エリオ」

チャラい女子生徒たちの視線が一か所に集まる。そこに、ひときわ目立つ見た目の女子がいた。

雪国を駆ける女狼（めろう）のような白い肌と端整な目鼻立ち。長い髪は黒とグレーのコントラストが美しい色に染められていて、大きめのピアスと首につけたチョーカーの組み合わせもよく似合っている。

「やめてよ、恥ずかしい」

エリオと呼ばれた、そのセンスの塊のような女子は、盛り上がる友人たちを諌（いさ）めるようにひと睨みして言った。

「高校レベルの連中と張り合ったりしたら、アタシの格が落ちるでしょ」

「ふーっ！　最高ーっ！」

「高校でもやっぱエリオが最強だよね！」

女王の如く不遜に言い切るエリオに、取り巻きたちが次々とヨイショの声を重ねていく。

声がでかい。他人にわざわざ聞かせるためにしゃべってるのか？　正直、苦手なタイプだ。

「てかさ、エリオ今度クイーンスマイルから曲出すんでしょ？」

大声の会話は続く。

「高1でメジャーレーベルからデビューとか。渋谷エリオ、すぎかよぉ」

「ふっ、まあね。実力よ、実力」

得意げに言い切ってみせる渋谷エリオ。

高々と伸びた天狗の鼻が見えるようだ。

「まだ未発表なんだから、あんま言わないでよね。あと、CD買いなさいよ、アンタら。ストリーミングの時代って言ってもまだまだCDの売上も評価されるんだから」

「かしこまり！」

「作曲は狛江君なんだよね。中学生時代からの黄金タッグでプロの世界に殴り込みって、胸熱ぅ！」

「ああ、乃輝亜ね」

渋谷は話題に出てきた男子の名前をわざわざ言い直した。

声のトーンをすこし上げて。

「同年代に大したやついないけど、乃輝亜だけは別格。アイツの作る曲はアタシのボーカルを際立たせてくれる。最高のパートナーよ」

「ひゅーー！　お似合いーー！」

「美男美女の天才カップル、憧れちゃう！」

……この会話いつまで続くんだ？

と、盛り上がる連中に冷めた眼差しを送っていると、ひとりの男子生徒が女子グループに近づいていった。

背が高くすらりとした線の細い美形男子で、ボリュームのある赤毛をふんわりとまとめ上げたアイドルじみた髪型といい鋭くも綺麗な目の形としゅっと締まった顔つきといい、イケメンという概念が服を着て歩いているような男子だった。ただでさえ素材が良いのに耳につけたピアスもセンスが良いんだから始末に負えない。

同じ制服を着ているはずなのに、俺と彼、どこで差がついたんだろう。

その派手な赤毛の男子は、渋谷を持ち上げていた女子生徒の肩に気軽にぽんとタッチして。

「なになに、さっきから。もしかしてオレの悪口？」

砕けた調子で声をかけた。

「こ、狛江君⁉」

女子生徒が名前を呼んだ。

どうやら彼こそがさっき彼女たちの話題に出ていた注目の作曲家（コンポーザー）、狛江乃輝亜らしい。

そういえば、美男美女の天才カップルがどうとか言ってたが、なるほどこのルックスならその評価も納得だ。

女子の肩に手を置いたまま、狛江は、リップを塗っているのかやたらと艶やかな唇を耳に近づけながら言う。

「困るなぁ。悪口なんて広められたら、女の子たちに避けられるようになっちゃうじゃん」

「わ、悪口なんてそんなっ。ていうか、手っ、肩っ」

「そうだ、責任取ってよ」

「せ、責任？」

「キミのこと、好きにしていい？　オレのモノになってくれたら、許してあげる」

「えっ、えええええええ⁉」

「——乃輝亜。冗談が悪趣味すぎ。友達にそーいうのやめてくれない？」

「おお怖。本気で睨むなって、カワイイ顔が台無しだぜ、エリオちゃん」

「うっざ。寄んな」

「はいはい野郎は退散しますよっと。あっでも、デートのお誘いはいつでも歓迎だからね。連絡待ってるぜ☆」

ウインクして立ち去る狛江の後ろ姿に、きゃーっという女子の黄色い声が沸き起こる。

塩対応であしらった渋谷でさえかけられた褒め言葉にまんざらでもなかったらしく、眉をつりあげながらもその頬は赤くなっていた。

そんな光景を目にした一般新入生である俺の胸に生じた感情はただひとつ。

——うっわ、ないわぁ……。

「——うっわ、ないわぁ……」

「えっ」

心の声が自然と口から出たのかと思って一瞬驚いた。しかしすぐにその声は俺の口ではなく俺のすぐ隣から聞こえていて、しかも女子の声であると気づいた。

隣といっても詩歌ではない。

詩歌は机に突っ伏して爆睡していた。腕枕の下からたれたよだれが机に広がっていくのが見える。入学初日のＨＲ（ホームルーム）前から居眠りとは我が妹ながら本当にいい度胸をしてると言わざるを得ない。

そんなわけであるからして、俺の心の代弁者は妹ではなく第三者。どうやら反対側の隣に座っていた女子生徒のものだったようで、驚いている俺の反応に気づいて彼女もこちらを振り向いた。

正面から彼女の顔を見て、心底からホッとしている自分がいた。

美男美女だらけのこの学校において、目の前の女子生徒は驚くほどふつう、平凡、地味な見た目をしていたからだ。

不細工と呼べるほど振り切ってもおらず、それでいてお世辞にも美女とは呼べない塩梅。生まれたまんま、親から与えられた黒髪を大事に保ち、おそらく整髪に水しか使ってないであろうさらさらストレートのショートボブの髪型。体型も、うん、デブではないな。モデルは絶対無理だけど。

そんな安心感ある地味女は、じーっと湿った目で俺の顔を見つめて。

「くっそ失礼なこと考えてるだろ？　そういう目してんぞ」

「いやいやまさか。初対面だぞ」

「てか、もしかしてさっきの聞いてた？　告げ口すんなよ」

「しねえよ」

そういう陰湿な人間関係がいちばん嫌だ。

それに。

「……つっこみ入れたくなる気持ちは、わからないでもないし」

「お、同志じゃん。それならそうと早く言えよ」

うれしそうににかっと笑ってみせる女子生徒。

口調も表情もどこか少年じみてるやつだ。生身の女子との会話とか経験なさすぎて緊張で死ぬんじゃないかと思ったが、彼女みたいなタイプだったら大丈夫そうだ。そういう意味でも、とことん安心感のある女子だった。

「うちは秋葉原麻奈（あきはばらまな）。秋葉原は長いから、秋葉か麻奈、好きなほうで呼びなよ」

「んじゃ秋葉（アキバ）で」

いくら話しやすい少年っぽい女子とはいえ、下の名前で呼び捨てるのはハードルが高かった。

「そっちの名前は？　見ない顔だからたぶん受験組だよね？」

「池袋楽斗（いけぶくろがくと）。で、こっちで寝てるのが妹の詩歌」

「妹？　双子ってこと？」

「いや、ちょっとワケありでね。俺、十八。実は二個上」

「おっさんかよ」

「おっさん言うな。いろいろ事情があんだよ」

妹は十六であんたらと同い年だから安心してくれ、と付け加えておいた。

秋葉があごに手を当て、考え込む仕草で。

「十八って、つまり二年も留年して繚蘭(りょうらん)に入ったんだ。すんげえ執念じゃん」

「いやぜんぜん。スカウト枠、ってやつで来ただけ」

「ああなるほどね～、スカウト枠かぁ。……って、スカウト枠ぅ⁉」

すんごい大声で驚かれた。

――おい聞いたか。あいつスカウト枠らしいぞ。

――マジかよ。たしかに中等部で見かけたことないけど……でもうそだろ？　あんな冴(さ)えないやつが？

ざわざわざわざわと教室中の好奇の視線が集まってくる。

さっきまで教室のド真ん中で華やいでいた渋谷エリオの一派や狛江乃輝亜といった有力なやつらでさえ例外ではなく、誰もがこちらに注目している。

えっ。なにこの空気。

「スカウトなんて滅多にされるモンじゃないぞ⁉　楽斗、おまえ何者だよッ」

「あ、いや、えーっと、正確には俺じゃなくて妹がね？」

「音楽活動してたん⁉　『歌ってみた』⁉　ボカロ⁉　地下アイドル⁉」

「圧がすごいな⁉　えーっと、えーっと……」

超至近距離でまくし立てられて仰け反りながら、俺は必死に回答を組み立てようとした。VSINGERの活動をする上で『中の人』バレはご法度。馬鹿正直に答えるわけにいかないからどうにかごまかさなければならない。

煮えそうな頭でどうにかこうにか搾り出したひと言は。

「……ローカルなカラオケ大会で地元最強、みたいな？」

「あぁ～」

微妙な顔で納得された。

「まあ、そういうところですこし歌が上手かったら評価されることもあるかぁ。あとは、とびきり顔が良いとか……あっ、起きそう」

「……ん……にゅう……」

教室内が騒がしいせいだろう、突っ伏していた詩歌の肩がぶるりとふるえて、ゆっくりと顔をあげていく。

スカウトされたと噂の女子の顔を拝んでやろうと、そこらじゅうから無遠慮な視線が注がれる。

話題の中心になってしまっているなど知らない詩歌は無防備な寝起き顔で、ふわぁと、大きなあくびをひとつ。

「うーん……兄、おはよ……」

「お、おう。おはよう。……ぼっさぼさだな、頭」

「んー？」

首をかしげてぺしぺしと自分の頭を触る詩歌。手で押さえても、離すとすぐにぴょんと寝癖が跳ねる。

教室内で勝手に膨らんでいた期待の風船が一気に萎んだ気配がした。

なんだスカウト枠と聞いたからどんなやつかと思ったら、ちょっと地元で歌が上手いだけのもっさい田舎娘か……という侮る雰囲気が伝わってくる。毎年いまいち結果を残せない外れスカウトもいるらしいしな、と。

ちなみに俺も異論はない。そりゃそうだ。

だって顔をあげた詩歌ときたら、美容室にも通っていない雑に伸ばした髪が乱れに乱れてぼさぼさで、腕枕のせいで頬や目元の形も微妙に崩れていたし目も赤く、よだれの痕跡までである併せ技。

考えられる限り全力のブス状態を晒していたのだ。いや、それでも俺としてはかわいいと呼べる範囲だろうと思うんだが、美意識の高い連中が集うこの教室では侮られてしまうようだ。

はい解散、という空気。生徒たちの興味は失われたらしく、視線は散り散りに。

残念、とは思わない。注目はされたくなかったのでこれくらいの扱いがむしろちょうどいい。

「楽斗。それと、詩歌」

秋葉はぽんと俺の肩をたたいて。

「うちらは、仲間だ。よろしく頼むぜ、相棒」

親指を立てて、勝手に相棒認定されてしまうのだった。

……それって、陰キャ仲間ってことか？　まあ、事実だし、いいけどさ。

＊

「ぶぉわっはァ！　クッッッソ疲れたァ！」

「おつ兄」

午後2時ごろ。学校から出て電車に乗り、地元の駅で降りたところで俺は溜まりに溜まった疲れを濁流のようなため息とともに吐き出した。

入学式とごく短いHR、午前中にすべての予定が終わるごく短いスケジュールだったにもかかわらず、ずっしりと鉛のついた紐でがんじがらめにされたような疲労感が全身にまとわりついている。

久しぶりの学校、久しぶりの電車通学、久しぶりの会話。何もかもが久しぶりすぎた。運動不足の人間がとつぜん全力疾走したら筋肉痛になるだろう。それのメンタル版。正直、くっそしんどい。

特に自己紹介がしんどかった。ターン制なのマジでやめてほしい。自分の番になったときの視線が集中する感覚は何度味わってもきつい。陰属性、裏方で生きていきたい俺は、ああいうふうにスポットライトを浴びせられると死にたくなってくるんだよ。

自分ではどうにかこうにか名乗れたと思ってるんだが、他の人にどう聞こえてたのかはわからん。あっ、あっ……その、えと、あの……いけ、ぶく……がく……です、はい……。みたいなかすれた声になってなきゃいいんだけど。なってそう。死にたい。

赤信号待ちの横断歩道の前でこんな思考に囚われてるとガチで飛び込みたくなりそうだ。

隣に詩歌がいてよかった。さすがに妹の前で車道にダイブしたりはしない。

「てかさ、詩歌。意外とすんなり自己紹介できてたな」

「練習した。完璧。ぶいっ」

「マジかよ。『池袋詩歌です。よろしくです。質問はいやです』って三文も練習してきたとか天才すぎだろ」

「あと、前髪のおかげ。見えにくくて、いい」

「あー。それね」

時間が経ってだいぶ寝癖も落ち着いてきた詩歌の長すぎる前髪。

せっかくのかわいい顔を隠してしまってもったいないそれは、実のところ、彼女の対人防衛手段でもあった。

彼女は音の中に『色』を視る。

その『色』は音に込められた感情やさまざまな力を可視化したもので、悪感情によって奏でられた音は、信じられないほど醜くよどんだ色彩を持つのだという。

中学時代、彼女はその『色』に耐えられず教室から姿を消し、ひきこもった。

長すぎる前髪は彼女の視界を遮り、世界をすこしだけ見えにくくする。

不便かもしれない。だけど詩歌にとっては、それくらいのほうが生きやすい。

信号が青になった。左右確認。車がしっかり停止しているのを確認し、詩歌の手を引き早足でさっさと渡る。

注意力散漫な詩歌はふとしたときに立ち止まってボーっとどこかを見つめたまま動かなくなる癖があるから、外出時は気が気じゃないのだ。早い話が、ほぼ要介護。音楽以外のことはほんと何もできないやつなのだ。

歩道に入り、ホッとひと安心。人気(ひとけ)の少ない道を歩いていき、近所の公園を通りすぎようとしたとき、ふとスマホで動画撮影してる地元の中学生らしき男子の姿が目に入った。

それで思い出す。

「そういえばさ、担任の言ってた『アレ』、どうするよ？」

「『アレ』？」

「繚蘭高校の校則(ルール)ってやつ。生徒全員が『一八(インパチ)ライブ』のアカウントを取得してどうたらって」

「いんぱちらいぶ……あー」

「うろ覚えかよ。頼むぞ妹。俺らの食費はおまえの成績にかかってるんだからな」

「あんまり気乗りしない……」

「気持ちはわかるッ！　わかるがッ！　安定した生活費のためにも頼むッ！」

アスファルトの上で土下座した。春の日差しで生温く温められた地面が額をじんわりと炙る。夏じゃなくてよかった。もっとも、夏だったら外で土下座したりはしないが。

あの階級社会まる出しの教室での一幕の後、地獄の自己紹介タイムを終えた後に淡々とした雰囲気のだるそうな担任女性教師が説明してみせた繚蘭高校の校則は、ふつうの高校では考えられない常軌を逸したものだった。

私立繚蘭高校学生規則

一．在校生は全員、一八ライブのアカウントを取得し、運用しなければならない。プライベートでアカウントを所持している者も新規作成しゼロから始めること。

二．一で作成したアカウントで動画投稿や配信活動を行うこと。活動内容および活動頻度は公序良俗に反する場合を除き、自由。投稿するコンテンツは自由だが規約を破れば通常のユーザーと同じくＢＡＮになるので、投稿内容には充分注意すること。

三．毎月支給される生活費はアカウントの評価に応じて金額が決まる。評価はその月に獲得した再生数、イイネ数、投げ銭金額などを参照し総合的に判断。評価を確定するアルゴリズムは非公開であり、問い合わせにはいっさい応じない。

四．ルールを守って楽しく自己表現していきましょう！

「あの天王洲（てんのうず）とかいうおっさん、大事なこと隠してやがった。たしかに成績に応じて生活費を支給するって言ってたけど、その成績が配信活動と紐（ひも）づいてるとかさぁ……いくら芸能学校だからって、予想できるかよ。ありえねーっ！」

俺は詩歌と成績を合算していいって話だからいいとして、ふつうの生徒は心折れるんじゃないか？

それとも一流の芸能人を目指してる生徒たちなら余裕でこなしてみせるんだろうか。

いずれにしても過酷なシステムだ。

俺がスマホに映し出した校則のメモを眺めていた詩歌が小首をかしげた。

「配信って……WAYTUBE（ウェイチューブ）みたいなの？」

「似たようなモンだ。違いがあるとしたら、オタク層よりは一般若年層と女性のファンや活動者が多くて、基本的に顔出しの文化だってことくらい」

「顔出し……〝シーカー〟じゃ、だめ？」

「だめ」

「……。……そこをなんとか。頼む、兄」

「むり」

俺にそんな権限はない。というか権力があったら学校なんか通わない。

「だいたい〝シーカー〟を使えるわけないだろ」

「えっ」

「池袋（いけぶくろ）詩歌（しいか）として学校に通ってるんだぞ？　そんで、生徒として作ったアカウントは他の生徒からも丸分かりだ。〝シーカー〟がおまえだってバレたら、せっかく作り上げた自由な活動場所が台無しじゃねえか」

「それは、やだ」

「だろ？　顔出しが嫌な気持ちはわかるが、背に腹は代えられないんだ。トラブル周りは俺がぜんぶ処理してやるから、な？　頼む！」

「……。しぶしぶ」

「やってくれるか！」

「寿司（すし）」

「え？」

「まわらない寿司、たべたい。たべさせてくれたら、やる」

「ぐっ……そんな大人の交渉術、教えた覚えないぞ⁉　いったいどこの誰に吹き込まれたんだ⁉　妹に変なこと教えやがって一生カノジョできない呪いをかけてやらぁ！」

「兄（あに）の真似（まね）」

「あああああ呪いさんストップ、さっきの依頼取り消し‼」

諸悪の根源、俺だったのかよ……。

がっくり肩を落とす俺。目だけを動かしてちらりと詩歌の顔を見てみると、濁りのない純粋無垢（むく）な瞳が期待に光り輝いていた。

「わくわく。お寿司わくわく」

「……ッ！　いよぉっし！　行くかぁ！　寿司！」

「おー」

妹のおねだりにはとことん弱い俺だった。

まあいいさ、詩歌の歌唱力があれば〝シーカー〟の名前に頼らなくても最低限の数字は取れるだろう。生活費は保証されてるようなもんだ、回る寿司だか回らない寿司だか知らないが、何でも来やがれってんだ。

＊

死ぬほど高い寿司を腹いっぱい食べて我が家に帰り着いた俺は、食後の眠気でうとうとしている詩歌の肩をガンガン揺らしてたたき起こし、配信の準備をさせた。

食うだけ食って満足して爆睡、など許されざる悪行だ。

働かざる者、食うべからず。というか配信で好成績を収めて稼いでもらわなきゃ寿司の代金を回収できん。

「えーっと、設定はこんなところでいいかな。〝シーカー〟のイラストが見えないように壁のポスターは剝がしておくとして……」

詩歌の部屋、クローゼットの中の秘密の収録スペース。脱ぎ散らかした下着やお菓子の空き袋を踏みながら、ＰＣの設定をいじったり配信用のマイクを設置したりスマホの固定スタンドの向きを調整したりした。

基本的に〝シーカー〟は『歌ってみた』の動画をアップロードするだけの存在で、配信を想定した環境は整っていなかった。

が、こんなこともあろうかと聡明なる兄（俺）は、配信用の機材を揃えていたのだ！

いつか苦手なトークを克服して、人気VSINGERの生配信でスパチャを浴びるほど稼げる日を夢見て。

働かずに金を稼ぎ生きていくためだったら努力を惜しまないのが俺――池袋楽斗という人間だった。

何はともあれこうしてちょっと整えてやるだけで一丁前の配信環境の出来上がり。

「よし、お手軽配信セットの完成だ」

「おー。ぱちぱち」

「初配信で何をすべきか、わかってるか？」

「巨乳あぴーる＆ダンス」

「全面的に正しいが、致命的に間違ってる」

たしかにそういう身体的特徴で男性視聴者を釣り、数字を稼ぐ配信者もいるにはいる。

が、それはBANの恐れもあるし、何よりも詩歌がやるべきコンテンツじゃない。

「最初は自己紹介配信だ。さっき寿司食いながらスマホで調べたんだが、一八ライブでは繚蘭高校の新入生の配信デビューを楽しみにしてるヘビーユーザーがそこそこいるらしい。『#繚蘭ニューフェイス』のハッシュタグをつけた自己紹介配信とそのアーカイブをぜんぶ見るような層がいて、そこで気に入られれば安定した数字が稼げるようになる。運が良ければバズって一気にスターダムを駆け上がる生徒も毎年現れるみたいだ」

「へー。べんり」

「必ず見てもらえるハッシュタグがあるだけでクッソ恵まれてるよなぁ」

WAYTUBEで〝シーカー〟が一定の評価を得るまでにはかなりの時間がかかった。バーチャルアイドル的な存在は毎月数十人を超える勢いで増えており、もはや二次元の外見を持っているだけでは発見されない過酷な世界だ。

……これはチャンスかもしれないぞ。

発見されるハードルの高いWAYTUBEでも一定のファンを獲得するに至った詩歌の歌唱力だ。

絶対に見てもらえる保証がある環境なら、初日で話題沸騰、数字は爆伸び不可避だ。

「ふ、ふふふ。ははははは。……勝ったな!」

「勝つと、どうなる?」

「知らないのか? 勝ったらな……寿司に、大トロを1枚増やせる」

「大トロ……！」

詩歌の目が輝いた。

「さあ、俺の書いた台本通りに自己紹介して、ついでにいま流行りの歌を適当にアカペラで歌うんだ。それで一八ライブの視聴者なんて余裕でGET！　一攫千金！　酒池肉林！　はーっはっはっは！」

「大トロのためなら……がんばる……っ」

小さく握りこぶしを作って気合いも充分。

頼むぜ、詩歌。

アングラで密かな人気を博す歌い手の才能、本当の実力ってやつを、見せつけてやれ！

＊

翌日。登校中の電車の中で確認した自己紹介配信のアーカイブの再生数とイイネの数を見て、俺は愕然とした。つり革をつかむ手から力が抜けて、しなしなと、ふやけたワカメみたいに膝をつく。

「なん……だと……」

詩歌がひょいっとかがんで、床にこぼれ落ちたスマホを覗き見る。

「兄。これは……大トロ？」

「大トロは無理だ」

「中トロならワンチャン……？」

「ない」

「がーん……」

無邪気に輝かせていた目が一転、光を失い白く濁る。

ショックだったんだろう。わかる。俺もショックだ。

だが、意気消沈は約1秒。

「てっかさぁぁぁ！　ありえねーだろ⁉」

すぐさまそのネガティブな感情は怒りに変換されて爆発した。

だっておかしいだろ、詩歌の歌唱力による『歌ってみた』を含む配信が、こんな結果で終わるか⁉

ちなみにスマホに表示されていた数字はこうだ。

【再生数】１７８【イイネ数】３【投げ銭金額】０円
【登録者数】３人

ド底辺である。

同じタグで投稿している他の繚蘭高校新入生の配信を見ると、再生数は２００を超えるものがほとんどだ。

つまり詩歌の配信はほぼ最低数字を叩き出したと言っても過言ではない。

イイネをしてくれた人も３人しかいないせいで、誰がしてくれたのかすら簡単に追える始末だ。

ちなみに３人のうちのひとりは俺なので、実質ファンは２人。……いや、イイネは誰でも気軽にできる行為なので、適当に押しただけという可能性もある。

「なぜだ……他のやつらは詩歌以上の天才ばかりってことか……？」

あわただしくスマホにプラグを差して耳にイヤホンをぶちこんだ。

ふるえる指で、クラスメイトの配信アーカイブをタップする。

『あーしの配信きてくれてありがとぉうぉうぉうぉうイェイ！』

クソ配信だった。次。

『はーい、じゃあロイヤルボードランキング、連続1位記録を更新したアレ、うろ覚えで歌ってみちゃいまーっす♪』

初日の配信からイロモノ枠と割り切るなよ。はい、次。

『ナックのハンバーガー、全メニューを一気に食べてみた！』

音楽関係ねえ！　次！

指を左から右へ往復運動させてクラスメイトたちの配信を見ていくが、どれもこれも、しょうもないものばかりだった。

音楽と無関係な内容の配信も多く、どうしてこれらに詩歌の『歌ってみた』が負けるのかまったくわからない。

やつらの配信にあって詩歌のそれにないものを強いて挙げるなら、声が大きいことと、顔が良いことくらいか。

ノリや歌唱力の平凡さはともかく、そういったタレント性はたしかに持ち合わせているように見えた。

再生数が近いレベルを見ただけだから、上位陣は才能も顔も優れてるって考えてほぼ間違いなさそうだ。

「あとで時間あるときにゆっくり研究するか……ぜんぶ見るのだるいし、注目すべき生徒の情報がどこかにまとまってたら便利なんだけどなぁ……ん？」

「兄、これ。麻奈」

「ああ、そうだよこれ、秋葉だよな。あいつ、今朝配信してたのかよ」

目に留まったサムネイルでは、昨日隣になった女子生徒——秋葉原麻奈がピースサインをしていた。

「ミュージシャン学科所属ってことは、あいつも音楽クリエイターなんだよな」

「麻奈の音、たのしみ。聴きたい」

「あいよ」

詩歌にせがまれて、俺はその小さな耳に、イヤホンの片方をはめてあげた。

秋葉原麻奈の配信アーカイブを開く。

『マナマナの繚蘭高校まとめチャンネルへようこそ！　ここでは、繚蘭高校関連のタグで投稿された配信のランキングや注目の生徒をピックアップしていくぜ～！』

「便乗商法じゃねえか！」

「曲……なかった……がっくり……」

『うーん、今年の新入生は上下の差が激しいかなー。最上位層は天才揃いだけど、中間層は薄いねー。こりゃひどい』

「生徒の配信を批評し始めやがった……どこから目線なんだ、コイツは」

でも悔しいことに秋葉の配信は、昨夜の詩歌のそれよりも遥かに多く再生されていた。

再生数、早くも1000超え。早朝の放送でこれなら、アーカイブは今日中に5000再生は行きそうだ。

「たしかにタグを追いかけるガチ勢がいる界隈なら、情報まとめの需要はあるよな……」

というか、まさにいま俺が欲しかったやつだし。

実際、秋葉のまとめは便利だった。これを見るだけで、だいたいのミュージシャン学科生徒の実力が把握できた。

やはり1位は渋谷エリオ。昨日、教室で偉そうにしていただけあって、その成績は圧倒的だった。

【再生数】304860【イイネ数】9830【投げ銭金額】284950円

【登録者数】46000人

ケタ違いだった。現役プロでもなかなか出せる数字じゃない。

内容は自己紹介のほか、詩歌と同じく既存のヒット曲の『歌ってみた』が主軸らしい。

「これ、聴きたい」

「あいよ」

秋葉の配信をいったん閉じて、渋谷エリオの配信アーカイブを探す。

検索……は、するまでもなかった。

トップページ、急上昇ランキングの上位に上がってきていた。

開くと、耳をずん、と圧するような重い音圧の声が聴こえてくる。一瞬何かと思ったが、どうやら渋谷エリオの挨拶の声だったらしい。

さすが歌手の声量というべきか、ふつうの話し声もかなり大きい。

大きいといっても不快な音ではなく、むしろぜんぶの言葉がストレスなく耳に入ってきて、自然と視線が画面の中に吸い寄せられる。

が、詩歌にとっては、他人の退屈な自己紹介になど何の興味もないようで、焦れたように俺の袖を引っぱってきた。

「曲まで飛ばして」

「おう。……ええと、このへんかな」

それじゃあ歌います、んっ、んっ、……という前フリが聞こえたあたりでシークバーを止めた。

そして、ふたたび再生。

聴こえてきたのは、羽で鼓膜をくすぐるような、透明感のあるウィスパーボイスだった。

流行りのバラードを、繊細な乙女の声で、切なくも見事に歌い上げている。

うん、めちゃくちゃ上手い。

正直、うちの詩歌のほうが上手い気がするけど、それは詩歌が上手すぎるだけだ。

文句なしにプロレベルだと思うし、さっき見た他の生徒たちのひどい『歌ってみた』と比べたら、月とすっぽん。かぐや姫と浦島太郎の亀、ぐらいの差がある。

「…………。…………あれ？」

詩歌が、首をかしげた。

何か引っかかりがあるようで、しきりに首をひねっている。

「んんぅ……？」

「気になることでもあるのか」

「んー……微妙に？　でも、イヤホンだと、よく視えない」

「ああ、なるほど」

詩歌の共感覚は音の中に『色』を視る。

最も『色』を感じやすいのは、生音を目の前で認識すること。何かを隔てることに、『色』はぼやけて視えにくくなるらしい。

渋谷エリオの歌声に何か違和感を抱いているのに、その正体まではハッキリしない。

その感覚が気持ち悪いのか、詩歌は頭を左右にブンブン振り始める。

「あーあーあーあー」

「わっぷ！　こら、長い髪を振り回すな。顔。顔に当たってっから」

「もーやーもーやーすーるー」

「やめ、おい詩歌。ぶはっ！　髪っ！　口！　入る！」

長い髪による容赦のないやわらかビンタは、電車を降りるまで続いた。

第2話　二つの才能

入学2日目の教室は独特な空気に満ちていた。

まだ授業が始まるわけではないのか誰ひとりとして教科書を出しておらず、昨日の配信の感想なんかを言い合っている。そういえば事前に家に送られてきた教科書は基礎教養の国語や英語、数学ぐらいのもので、芸能学校らしい教科書はなにひとつ渡されていない。

今日って何をするんだと訊(き)いたら、隣に座っていた秋葉原麻奈(あきはばらまな)こと秋葉(アキバ)が、ふふんと胸をそらして得意気に解説してくれた。

「午後からは歌唱実技。午前中はカリキュラムのカスタマイズ」

「横文字は耳が滑る。日本語で頼むわ」

「ほとんど日本語みたいなもんじゃん……。この学校はさ、クラスで共通の授業を受けるんじゃなくて、生徒が自分で、自分が受ける授業を決められるんだよ」

「へえ。そういうところも大学っぽいな」

「必修科目っつって絶対受けなきゃいけない授業もあるけどな。ミュージシャン学科なら音楽関連の授業はほとんど必修。作詞、作曲、歌唱でより踏み込んだことを学びたいときはその分野の深めの授業を受ければいい」

「なるほどなぁ。他の学科の授業も受けられるのか？」

もらったパンフレットを読んでいたら、この学校にはミュージック学科の他にもダンス学科やファッション学科、タレント学科など、芸能にまつわるさまざまな学科があるようだった。

授業を自由に選べるなら越境もできるのでは？　そう思っての質問だったが、どうやら的中したらしい、秋葉はうなずいた。

「もち。よその学部のやつとも仲良くしといたほうがいいぜ。ワンチャン将来有望なやつとコネがつくれたら、卒業後にめっちゃ有利だし」

「はー、見据えてんなー。商魂たくましくて羨ましいや」

「あたりまえ。なんのために繚蘭（りょうらん）通ってんだよ、芸能界でブイブイ言わせるためだろ」

「俺は違うんだってば」

もちろん詩歌も違う。芸能界にはまるで興味がない。そこで稼げるお金には興味津々（きょうみしんしん）だけど。

「お近づきになりたいリストもつくった。どの授業を取れば誰と一緒になれるかも調べた有料級のリストだぜ。ぬはは」

「マジかよ。コネづくりに全力すぎるだろ」

ちょっと引いた。

スマホを手にニヤリと笑う秋葉を見ていたら、ふとひとつの考えが脳裏をよぎった。

「あれ、もしかして俺たちと友達になったのも何か計算があって……？」

「いや、ないわー。ないない」

秒で否定された。

「田舎のカラオケのど自慢とつるんでなんの得があんだよ。楽斗(がくと)たちとは単にウマが合いそうだから話してるだけだっての」

「陰キャ仲間最高、ってか」

「や、そーいうくくりやめろよ。べつにうちは陰じゃねえし。本気出せば陽キャの五倍はイケてるし」

「一生本気出さないから証明できないやつだ……」

「うっせ。教えてやんないぞ、お近づきリスト。コネ次第で将来の年収2ケタ変わるのに、後悔しても知らねえぞ」

「ごめんごめんよごめんなさい！　卑しいワタクシめにも教えてください！」

三段活用で全力謝罪した。

俺の土下座に気を良くしたのか、秋葉は、そこまで言うなら教えてしんぜよう、と調子づいた態度で話し始めた。

「まず何と言ってもタレント学科3年首席、神田依桜。顔が良い。あの人は演技に必要な肉体づくりのために『筋力トレーニング基礎』を毎年取ってる。これは取得単位がかなり少ないけど1年から3年まで誰でも取れる授業で、単位取得済みでも学校の施設で運動の習慣がつくれるってことで、毎年取り続ける生徒も多い」

さすが首席。演技にかける意識の高さが違う。

「次にファッション学科1年首席、原宿亜寿沙。顔が良い。その才能はすでに欧州からも注目されていて、魔性の二面性〝ＡＺＵ〟として知られつつあるファッションデザイナー界の超新星。『空間色彩設計』の授業を取るらしいからうちもそこに合わせていくつもり。音楽ライブの演出にも応用できるしな」

なるほど。音楽は音楽、ファッションはファッションでぜんぜん別のものだと思ってたが、意外と交わる部分もあるんだな。

「お次はダンス学科1年首席、大塚竜姫。顔が良い。天才ヒップホップダンサー〝竜舌蘭〟──目を合わせたら勝負を挑んでくるやべーやつ。ヒップホップカルチャー全般が好きらしくて、『ヒップホップミュージック』の授業も取るみたいだぜ」

目が合ったら勝負って、おいおい。ポ●モンバトルかよ。どうなってるんだこの学校。

「他の学科の人間はこのへんを押さえておけばいい。あとはミュージシャン学科の有名人、渋谷エリオ。狛江乃輝亜も有力株だけど……まっ、同じ学科だし、いけすかねーし、コイツらはどうでもいいや」

「注目の生徒は5人か。ところでひとつ気になることがあるんだが、訊いていいか？」

「おう」

「なぜ全員の説明に『顔が良い』をつけた」

「そりゃ大事だもんよ。最上位層の前提条件と言っても過言じゃないぜ」

「はあ……」

わかってはいたがこの学校、すがすがしいほどの外見至上主義だ。

「カリキュラムのカスタマイズってやつは、どうやるんだ？」

「楽斗、おまえ先生の話なんも聞いてないのな……ほれ、スマホ出してみ」

スマホで繚蘭高校のポータルサイトにアクセスする。

学籍番号を使いログイン（ＩＤやパスワードは、昨日つくった一八ライブのアカウントと同じものを使うらしい）し、カリキュラムの項目をタップすると時間割表が表示される。

周りを見てみると他の生徒たちは教室を出たり、会話していたり、各々自由な動き方をしていた。

「午前中はほぼ自由行動みたいなもんなんだな」

「そ。今日から一週間は午前中、いろんな教室で自由に体験授業を受けられる。で、好きな選択授業を選んでカスタマイズして、来週からは生徒それぞれ自分で設定した時間割で授業を受けるって流れ」

「なるほどなー。詩歌はどうする？　音楽以外の授業」

おもしろいシステムだと思いながら、隣の詩歌に声をかける。

教室の反対側にいる渋谷エリオのほうを見つめてぼーっとしていた詩歌は、もったりとしたしぐさで振り返った。

「なんのはなし？」

「聞いてなかったのかよ。選択授業、どうする？」

「なんでもいい。素敵な音が聴ければ、まんぞく」

「適当だなぁ」

「設定まかせた。やっといて」

ぽいっとスマホを投げ渡される。

丸投げかよ。

まあどうせぜんぶ俺と同じ授業を受けるんだから、べつにいいんだけどな。

マネージャーとしてのお仕事ってことで、全うさせていただくとしよう。

といっても俺も特に受けたい授業なんかないし、とりあえず秋葉と同じカリキュラムでいいや。

＊

昼前になると、俺は詩歌と秋葉と3人で食堂へ向かった。

食堂は教室棟からすこし離れた場所にある大きな建物の中にあった。

50坪ほどの平屋で、室内の座席数はおよそ100。外にはウッドテラスの席まであって、リゾート地にあるお洒落なレストランのようだ。

詰めかけた生徒たちで賑わっている。あまりに大盛況すぎて、人混みが苦手な身としては辟易してしまう。

どうにか席は確保できた。

午前中どこの体験授業も受けずに決め打ちでカリキュラムのカスタマイズを完了させたおかげで、昼休みになる前に来られたためだろう。

本当ならもっと混雑していて、席を取るのにも苦労するのかと思うと気が遠くなる。

「……人、いすぎ。ふらふらする……」

「それな。明日からは学食使うのやめて、コンビニで買ってくるか……」

「学食くらいでなにビビってんだよ」

秋葉はケロリとしたものだ。

地味な外見は俺たちと同系統の人間のように見えるが、場への適応力みたいなものは、彼女のほうがずば抜けて高いんだろう。

……コテコテのひきこもりである俺たちのステータスが低すぎるだけかもしれないけど。

「てかおまえら、なんだよそのメニュー。囚人か？」

「ああ、これな……」

俺と詩歌のトレイの上には、真ん中にぽつんとお椀（わん）がひとつ。

シンプルなつゆに真っ白な太麺、あぶら揚げが1枚だけ雑に載っている以外は何の具もない、ただのうどんだ。

「うどんって。しかもトッピングほぼなしって。ダイエットでもしてんの？」

「兄が、これが限界だって……」

しゅんと肩を落として、詩歌は箸の先でつんつんとあぶら揚げをつついている。

「俺だってやだよ。でも仕方ないんだ」

「あははは！　詩歌の配信、ぜんっぜん伸びてなかったもんな！」

「笑うなよぉ……。俺だって、まさかこんな結果になるなんて思いもしなかったんだよ」

「毎日おすしがたべれるって、聞いてたのに……」

俺だって、できることなら詩歌の望むままに贅沢させてやりたいが……。

昨日の配信の結果では、とうてい高額の生活費支給は望めない。

生活を切り詰めないと、あっという間に破産だ。

「哀れな子羊どもめ。心の広ーい麻奈様が、おかずを分けてしんぜよう」

秋葉はそう言うと自分のトレイのサラダからブロッコリーだけ箸でつまんで、ぽいっと俺たちのお椀に落としてきた。

おい、人のうどんにブロッコリー入れんな。それ絶対ただ自分が嫌いな物を処分してるだけだろ。

「てか、ずいぶん豪勢な昼食だな」

秋葉のほうはなかなか見栄えのいいランチだった。

バターライスに牛ハラミのカットステーキ、マッシュポテトに緑黄色野菜のサラダ。

見るからにめちゃくちゃうまそうで、口の中でぶわりと唾液が分泌される。

「ふふん。これぞ勝ち組のランチ」

「おのれ秋葉……他の生徒の配信結果をまとめたりランキングにするだけでお手軽に稼ぎやがって。本業はなんなんだよ」

「作曲」

「なら、曲を披露しろよ」

「はー、やだやだ。これだからクリエイティブをナメてるやつは。そう簡単に曲がつくれると思うなよ」

「ならいつ最初の曲を公開するんだ？」

「さあ？」

「さあって……おいおい」

「なんていうか、降りてこないんだよねー。神が。創作の神が降りてきて、ビビっとくるアイデアが湧いたら、いつでも発表できるんだけどねー」

それ、一生作品をつくらないやつの発想じゃね？

と思ったが、つっこみは入れないでおいた。こいつのプライドに傷をつけることになる

かもしれないし。

「まーでもさぁ、そんな落ち込むなよ。のど自慢でスカウトされただけあって、歌唱力はなかなかだったじゃん」

「見たのか？　詩歌の配信」

「もち。繚蘭高校1年の情報はぜんぶチェックしなきゃニュース配信なんかできないだろ。友達のよしみでイイネまでしてやったんだ。感謝しろよな」

「なん……だと……」

秋葉の些細な発言に、俺は愕然とした。

あれ？　と秋葉がすこし不安げな顔になる。

「ど、どうした。ただでさえ不景気だった顔が、さらにデフレスパイラルになってるぞ」

「3つのイイネのうち、1つはおまえかよ……」

「は？」

「1つは俺。1つは秋葉。詩歌は自分でイイネとかつけるタイプじゃないのが救いだな。ひとりくらいは純粋なファンがいると希望を持てる。あは、はは、はははは……」

「おーい楽斗、帰ってこーい。……駄目だ、目が死んでる」

「はは、ははははは。うどんうめー。あぶらあげはさいこうのぜいたくだー。あはははは」

やべえ、泣けてきた。

しかも自信の源だった詩歌の歌唱力も秋葉に言わせたら、なかなか、でしかないのだという。

神とたたえられるレベルだと思ってたんだけどなぁ。所詮はシスコンの色眼鏡だったってわけか?

午後の授業が不安になってきた。

音楽実技で他の生徒と直接実力を比べられてしまったら、詩歌の才能が凡庸であることを突きつけられてしまうかもしれないのだ。

天才だと信じていたからこそ余裕ぶってたのに、全部がひっくり返ってしまう。

うおおお、不安すぎる。

何かぬくもりで安心を得たくて、隣で気の抜けた顔でうどんをすすっているかわいい妹の頭へ手を伸ばした。やわらかくて天日干しした布団(ふとん)みたいな自然の香りがするその髪を、ぬいぐるみにそうするかのようにぽふりと撫(な)でる。

ぺし、と片手で払われた。

「いまだめ。さわらないで。食べにくい」

「ぬくもりぐらい感じさせてくれよぅ……」

「おいおい、最初のひと月で退学するのは勘弁してくれよ。友達なんだからさぁ」

「秋葉……。おまえは、俺たちがいなくなるのを寂しがってくれるのか」

あったけえ。

偉そうな口だけたたいておいて曲もつくらず、自分本位でしか動かない生粋の自己中心の権化だと思ったら、やっぱりイイやつなんだな――。

「友達に選んだやつらにまとめて消えられたらボッチになるだろ。せめて他の友達つくり終わるまで辞めんな」

「ホント自分のことばっかだな。いっそすがすがしいわ」

午後の授業への不安はふくらんでいく一方だった。

＊

午後は『ボーカル基礎』の授業だった。

校舎三階にあるボーカルレッスンスタジオにはミュージシャン学科の生徒、40名ほどが詰めかけている。

磨きあげられ明かりを反射するつるりとしたフローリングの床。片側の壁一面を埋めるように貼られた鏡（連装ミラーと呼ぶらしい）。マイクにキーボードに音響機器……と、レッスンに必要なありとあらゆる機材があった。

しかし今日使うのはそれらではなく、なんの変哲もないホワイトボードだけらしい。生徒たちは思い思いの格好で床に座って、講師の男性（なぜかアフロ）の授業を聞いていた。

ちなみに、教師は生徒の授業態度に対していっさい口を出さないのが繚蘭高校のルールらしい。どんな姿勢で授業を聞いていようと、あるいは聞いてなかろうと、アフロ先生が目くじらを立てることはなかった。

正直助かる。だって俺、授業受ける気ないし。

いまだって、教室の隅、鏡の前の手すりにだらんと体を預けてスマホを開いてサボっていた。

耳の端にたまに引っ掛かってくる単語からして、どうやら発声の仕組みを教えるだけの座学のようだ。初日だから本格的なボーカルレッスンはないだろうと思っていたが、想像以上にまどろっこしい。

ホワイトボードに人体の上半分を描き、肺の動きや喉、気道、骨格と、発声がどう関係しているかを懇切丁寧に解説している。

大事なことかもしれないが、ある程度以上基礎ができている人間からすれば退屈この上ない授業だろう。……案の定、詩歌は俺の隣で爆睡してるし。

詩歌だけじゃない。

渋谷エリオをはじめ、ほとんどの生徒が心ここに在らずといった雰囲気だった。

「隣、いいよね？」

「ん？」

いつの間に近寄られたのか、すぐ隣から声をかけられた。

振り向くと、赤髪の男がいた。

初日にも教室で見かけた、やたらと目立つ男だ。

女子に対してキザな台詞を吐いていた、いけすかない感じの色男——狛江乃輝亜が俺の隣、鏡に背を預けて立っていた。

「許可する前からいるじゃん、隣に……」

「あはっ☆　どうせ断られるわけないんだし、べつにいいっしょ？」

「お、おう……」

これまたずいぶん自己肯定感が高そうなやつが来たな。

十六年間の人生でただの一度も他人から拒絶されたことなんてなさそうな顔で、狛江はニコリと微笑んだ。

「珍しいよね、兄妹で入学なんてさ。特に君は留年してまで繚蘭に入ったってことでしょ。すごい執念だよね」

「や、だからそれは違くて。詩歌のマネージャー役みたいなもので、特例で入学しただけだから。自己紹介のときにも言っただろ」

「ああ、自己紹介、何かボソボソしゃべってるなーと思ってたけど、そんなこと言ってたんだ？」

「…………」

自己紹介で事故ってたことが確定してしまった。

観測しなければ心は傷つかないシュレーディンガーさんもニッコリな精神の自己防衛策を講じてきたのに、思わぬ攻撃を食らった。死にたい。

「……殺してくれ」

「やだよスキャンダルになるし」

そういう問題か？

「そんなことよりさ、一個確認したいんだけど。いい？」

「……なんだよ」

「詩歌ちゃんを口説こうと思ったら、やっぱマネージャーさんの許可が必要なの？」

「……は？」

真顔になった。

何言ってんだブッ●すぞという俺の本音を知ってか知らずか、狛江はマイペースに続ける。

「詩歌ちゃん、素人じゃないでしょ」

「……へえ」

意外な言葉に、興味をそそられた。

「どうしてそう思うんだ？」

「昨日の配信を見てね。たしかにトークや外見はぜんぜん洗練されていないし、キラリと光るものも感じなかった」

「バッサリ言ってくれるなぁ」

「でも、歌唱力だけはプロレベルだった。アンバランスなくらいにね」

「ずいぶんと見る目に自信がおありですこと」

あえて煽るように言った。

上から目線で評されるのは気に入らなかったし、再生数という結果で現実を突きつけられたいまとなっては、どんな褒め言葉も空々しく聞こえた。

「ピリピリしてんなぁ。配信にイイネしてあげたんだし、ファンとして尊重してくれてもいいんじゃない？」

「イイネ……って、ちょっ、待てよ。それ本当か？」

「うん。ほら証拠」

狛江はスマホの画面を見せてきた。一八ライブの履歴で、たしかに詩歌の配信にイイネしている痕跡がある。

こっちでも詩歌のアカウントをチェック。イイネ数は3から増えていない。

待てよ。つまり配信にイイネしていた人間は俺、秋葉、狛江の3人ってことじゃないか。

唯一純粋なファンかもしれなかった残りのひとりすら顔見知り枠で埋まった。もうだめだ。俺たちの繚蘭高校生活は、ここで終わりだ。さらば寿司、さらば幸せ無職生活。

「おーい、帰ってこーい」

「……ハッ⁉」

「しっかりしなよ、マネージャー。現実逃避してる場合じゃないでしょ」

「積極的にトドメを刺しにきといて説教か。いい根性してるな」

「なんで敵意むき出しかなぁ。オレ、どっちかっていうと味方なんだけど……ま、いいや」

狛江はくるりと体を反転させて鏡を見た。

鏡に映る自分の顔を正面から見て、毛先を指でつまんで整えながら言う。

「あんまりお洒落をナメないほうがいい。この学校で結果を出したいなら、〝顔の良さ〟は何より大事だ」

「顔さえよければいい、ってか。ミュージシャン学科なら歌唱力を評価してほしいもんだけどな」

「土俵に上がるための最低ラインってのがあんのさ。それに〝顔〟って言っても文字通りの意味だけじゃない」

「というと？」

「自分で考えなよ」

なんだコイツ。

意味深な台詞を好き放題言っておいて投げっぱなすのがカッコいいと思ってるクチか？

そんな抗議の意思を込めた目で睨んでやるが、狛江に答える気はないらしく。

ひととおり前髪を整え終えると――。

「このままじゃ終わらないってところを見せてくれよ。――詩歌ちゃんによろしく」

そう言い残して、レッスンスタジオから出て行った。

……まだ授業中なんだけどな。堂々とサボるんだな、あいつ。いやまあ学校のルールで認められてる以上、サボりを咎められる謂われはないけど。

というか、俺らも人のこと言えなかったわ。

＊

放課後の教室、俺はとつぜんこう切り出した。

「変身をしよう、詩歌」

「……まほうしょうじょ？」

「違う、そうじゃない。ファンタジーじゃなくて、もっと現実的なやつ」

つまりはお洒落をしろってことだよ、と力説した。

「おしゃれ……めんどい……」

「だが数字を稼ぐにはいまのままじゃ駄目なんだ。変わらないと！　なあ秋葉⁉」

「うぇっ、うちぃ⁉」

スクールバッグを肩に引っかけて帰ろうと立ち上がりかけた秋葉がビクッと振り返る。

めんどくさそうな気配を感じて逃げようとしたんだろうが、そうはいかん。

「当然だろ、秋葉。おまえにも手伝ってもらうんだから」

「や、巻き込むなよめんどくせーな」

「頼む！　このとーり！　敵を知り味方を知れば百戦危うからず。繚蘭(りょうらん)の生徒たちを知り尽くしてるおまえの目で、勝てるファッションを目利(めき)きしてくれ！」

「うえー、やだよ」

「そう言わないでくれよ、友達だろ！　なんでもするから！　なっ？」

「うぅーん……。ほんとになんでもするんだろうな？」

「無理な願いは拒否する権利があるに決まってんだろ。日本国憲法ナメんな」

「願い聞く気ゼロじゃん……」

「作曲者なら歌い手とのコラボがあったほうがいろいろ有利だろ。詩歌の人気は、秋葉にとっても他人事(ひとごと)じゃないはずだ」

「う、ぐぐ……。楽斗(がくと)のくせになかなか鋭い……」

「さあ、どうする⁉」

「ひっ」

後ずさる秋葉をグイグイと壁際(かべぎわ)に追い詰めていく。ドン！　と壁にぶつかって、秋葉はずるりとへたり込んだ。

「き、協力する……」

「よっしゃ交渉成立ぅ！　いやぁ、学校はクソだけど友達は最高だな！」

ズビシ！　と徹夜して寝不足の頭で即興ダンスを踊ったら偶然生まれそうな謎ポーズを決める俺。

頼れるやつがいて本当によかった。

正直、外見をどうすればいいかなんて引きこもりの俺と詩歌だけでわかるはずもない。

能力は努力して身に着けるのが少年漫画の王道主人公的な態度なんだろうが、残念ながら俺はそんな殊勝な人間じゃないもんでね。怠け者だとあきれられようが、自分がラクして良い結果を出せるならそれが最高ってスタンスでいきたい。

「ってわけで、逃がさんぞ」

「あうっ……」

背後をそろりと通り過ぎようとした詩歌の肩をがっしりとつかんだ。

逃げおくれた、と観念して脱力する詩歌と、へたれる秋葉に向けて、ニッコリと満面の笑みを浮かべる。

「さあ、たのしい放課後の始まりだ」

＊

繚蘭高校からすこし歩けば繁華街。

地面に落ちたアイスクリームにたかる蟻みたいにうじゃうじゃと行き交う大量の人に、うえっと軽い吐き気を覚えつつも再生数とイイネと金のために耐えながら俺と詩歌は街を練り歩いていた。

秋葉だけが平気な顔で、視線をスマホに向けたままスイスイと器用に人の間をすり抜けている。

おい歩きスマホは危ないんだぞ。これだから最近の若者は。

……まあ、俺とは二歳しか違わないんだけど。

「ずっと歩いてる……つかれた……」

「なあ、どこへ向かってるんだ?」

詩歌が不満を口にしたのを頃合いと見て、俺は秋葉に訊ねた。

スマホから顔をあげて彼女は答える。

「コスメショップだよ」

「コスメ？　化粧品ってことか」

「そう。服とかの前に、まずは〝顔〟を作るところから始めないと」

「へえ。秋葉って化粧とか詳しかったんだ」

パッと見てノーメイクに見えたから、てっきり化粧には疎（うと）いのかと思っていた。

もしかしてこれが噂（うわさ）に聞く、ナチュラルメイクってやつだろうか。EPEX（イーペックス）のフレンドの人（悪質な出会い厨（ちゅう））が、この世にはすっぴん美人と見せかけるメイクの達人がいると力説していたことがある。最近では量産型女子とか地雷系とかいろいろあるらしく、常に見る目を問われる修羅の環境なのだとか。

なるほど秋葉もそういうたぐいのメイクの使い手か、と思っていたら。

「んやぜんぜん。化粧とかしたことねーわ」

「ないのかよっ！　おいおいおいおいおい、そんなんで詩歌に合う化粧品を選べるのか!?」

「うるせーな。だからスマホで調べてんだろ」

ほらよ、と見せてきたのは、ガールズ系の知恵袋サイトだ。

健康やら恋愛やら女性のあいだで共通しそうな項目がいくつもあって、その中で質問を投げたり回答をもらったりといった交流ができるらしい。

秋葉は美容の項目の中で、『私に合っていて、安くかわいくなれるメイクを教えてほしいです』という質問を投稿していた。

顔の特徴を文字で伝えて、お姉様がたの意見をもらっているそうな。

「書き込みしてるの素人だろ？　アテにしていいのかよ」

「素人を馬鹿にできる立場かよ。ここに書き込むような人に比べたら、うちらなんてカス以下だろ」

「たしかに！」

ぐうの音も出ない正論だった。

偉そうに疑ってすみませんでした、顔も知らないお姉様がた。

「さっそく返事きた」

「早いな！」

「ネットの力、侮りがたし。……ふむふむ。なるほどー」

首を伸ばし、うなずいている秋葉の横からスマホ画面を覗き込む。

全文を正確には読めなかったが、詩歌の顔に合ったメイクのやり方や必要な道具や化粧品のオススメなんかが箇条書きになっている。するとその書き込みに返信する形で別の人も持論を展開していき、リロードするごとに知識が更新されていく。メイクの仕方を写真添付でわかりやすく解説してくれる人まで現れだして、あっという間に質問ページは貴重な教科書に様変わりした。

　恐るべし、現代のネット社会。

　ふと、書き込みの中に質問者に対しての要望が含まれているのに気づいた。

『もしかして初めてお化粧する学生さんですか？　もしまだ基礎が理解できてないなら目の作り方も知っておいたほうがいいかもしれません』

　さらに、それに対しての返信で。

『目は人によって骨格の形とか違くてけっこうバラつきあるから、アドバイス難しいかも。目元だけの写真なら送れたりしませんか？』

　といった書き込みが続いていた。

　同じ文章を読んだのだろう、秋葉は、一理ある、とつぶやいて。

　詩歌のほうへスマホを向けた。

「ちょい目元撮らせて」

「やだ」

　前髪を上げさせられそうになり、両手でぺたんと押さえる詩歌。

「四の五の言うなよ。必要なんだからさぁ」

「むー！」

身をよじる詩歌と、手をどかそうとする秋葉の綱引き。

二人の腕力は同じくらいで、このままだと埒が明かなそうだった。

「詩歌、頼む。俺たちの生活のためだ」

人類の未来のためだ、ぐらい言えたら英雄っぽくてカッコいいんだが、口から出てきたのはどこまでも所帯じみた凡夫の台詞である。

「やだ」

「くっ。こうなりゃ背に腹は代えられん。――手ギツネ」

親指と中指と薬指の指先だけをぴたりとくっつけキツネの顔を作り、人差し指と小指をピンと立てて耳に見立てる。

読んで字の如くの手ギツネを、詩歌の目の前でねこじゃらしのように振ってみせた。

「なにやってんだ、楽斗?」

「まあ見てろって」

奇異な視線を向ける秋葉をよそに手ギツネを振っていると、その動きに釣られた詩歌の目が右へ左へ動き出す。詩歌は頭を押さえていた手を離し自分も手ギツネを作ると、口に見立てた指先で俺の手ギツネを、ちょん、とつついた。2匹のキツネによる口づけである。

俺は叫んだ。

「いまだ！」

「お、おう。シャッターチャンス！」

秋葉はあらためて詩歌の前髪をかき上げると、スマホのカメラで詩歌の目元を撮影した。

詩歌が恨めしそうに睨む。

「……ずるい。コンちゃんで釣るとか……」

「再生数と生活費のためなんだよ。許してくれよぅ」

「もう二度と兄のキツネに釣られないから」

「手ギツネ」

ふたたび手ギツネを詩歌の目の前に持って行くと、詩歌はすぐに手ギツネを作ってキスをしてきた。

「……！　ううっ……からだが勝手に……」

「幼少期からの刷り込みってすごいよなぁ」

駄々をこねる詩歌をあやす我が家だけの定番行為。大きくなってからも有効なのは便利やら恐ろしいやら。

ネットの向こうのお姉様がたへ写真を送信しつつ、秋葉はあきれたように言った。

「おまえら兄妹ってほんと変わってんな」

化粧道具や新しい服など、あらかた必要なものを買ってから、俺たちは我が家へと移動した。

＊

幸いにも池袋家の最寄り駅は秋葉がひとり暮らししているらしいマンションからも数駅ほどの距離で、さほど離れていないようだった。

郊外のボロアパート。壁に蔦這うくたびれた外観の建物。その2階。

2DKの簡素な一室が俺たち池袋兄妹の住処だ。

舞踏会の行われる城みたいな煌びやかな雰囲気の繚蘭高校と比べると、魔法が解けて灰かぶりの少女に戻ったシンデレラの実家である。

もっとも、俺や詩歌にとっては素朴で質素で平凡な我が家のほうが、よっぽど好ましく居心地のいい場所なのだが。

「楽斗。おまえさ、よくこんなトコに女子を呼ぶ気になったな」

が、秋葉はお気に召さなかったようで、玄関から上がり込んだとたん苦言を呈してきた。

「人んちを〝こんなトコ〟はひどくね？」

「敬意を払うにも最低限のレベルってのがあんだろ！　この惨状でいっちょ前にプライド持ってんじゃねー！」

床に散らばった漫画や書類、段ボールの空き箱を指さしてつっこむ秋葉。

たしかにちょっと散らかってるかもしれないが……言うほどか？

「きょとんとすんな！　立派な汚部屋だぞこれ！」

「し、失礼なやつめ。食べ物系のゴミはちゃんと処理してるし、臭くはないはず……た、たぶん」

「そのレベルだったら速攻帰ってるっつーの……。てか、掃除してんの？」

「欠かさずやってるに決まってるだろ。月1で」

「少なっ！　最低でも週1はやれよ！　なんなら毎日やれ！」

「めんどくさい！」

「駄目人間め……」

文句たらたらな秋葉の背中を押してダイニングへ向かう。

毎日の飯を自分たちの部屋で食べてるからほぼ使われていないこたつの上に雑然と積まれたよくわからない何かをブルドーザーみたいに適当にどかしてカーペットに落とし空間を作ると、買ってきた化粧道具のたぐいをどさどさ拡げた。

「ソファでも床でも好きなとこ座っていいぞ」

「じゃあ、ソファで……床にそんな隙間ないし……」

「おうちのこたつー」

秋葉はドン引き顔でソファへ、詩歌(しいか)はぬるりとこたつにすべり込んだ。

「というわけで、秋葉、頼んだ。詩歌、顔を貸してくれ」

「りょーかい。どぞ」

ぽてん、とこたつの上にあごを載せて、秋葉に目を向ける詩歌。

秋葉はすごくいやな顔をした。

「本気でうちにやらせる気かよ……」

「あたりまえだろ、何のために連れてきたと思ってるんだよ。ひきこもりが我が家に他人を招き入れるなんて異常事態なんだぞ!? 丸投げしてイイ感じにまとめてくれるのを期待してなかったら呼んでるわけないだろ！」

「クズな発言を堂々と……。はあ、しゃーない。うちも初心者だから、期待すんなよ？」

「だいじょぶ。ここにいる誰よりも、まし」

悲しいかな、詩歌の言う通りだった。

あきらめのため息をついた秋葉は、片手にスマホ、片手に買ってきた化粧道具の二刀流で、さっそく作業を開始する。

「えーと、なになに。まずは〝美女〟の構成要素を分解。肌の綺麗さ、鼻の大きさ、二重まぶた、目の形、眉毛の濃さ、あごの形。〝美女〟におけるそれらと自分の顔を見比べて、違う部分を近づけていけばいい……うわー、めんどくさそー」

ブツブツ言いながらもネットのお姉様がたのアドバイスを咀嚼していく秋葉。

「とりあえず肌からいくか。ちょい失礼」

「ん」

秋葉が身を乗り出して、詩歌の顔を触る。

「肌が汚いとその時点でアウトらしいけど……これ、汚いのか？　ふつうに綺麗だと思うけど、基準がわかんねー」

「さすが俺の妹。天然ものの美肌とは末恐ろしいな」

「シスコンは黙っとれ。――とりあえず、洗顔からだな」

「……んっ。ぱふっ……」

霧吹きで顔に水をかけられて、詩歌がぎゅっと目を瞑る。

さらにティッシュでぐいぐい拭われて、洗われる犬みたいに身をよじった。

「にゅ……くすぐったい……」

「こーら動くな。ほらシスコン兄貴、妹押さえて」

「お、おう」

言われるままに詩歌の肩を押さえる。

もぞもぞしているが、こたつの中では動きづらいんだろう。大した抵抗じゃなかった。

──そこからの流れは意外とスムーズだった。

洗顔の後、化粧水と乳液で前準備。

化粧下地で艶を増し、パウダーファンデーションでサクっとベースメイクを仕上げる。

アイシャドウは気づかれない程度にさりげなく。

たれ目ぎみの詩歌に一種のカリスマ性、強さのようなものを付与するために、ブラシやアイライナーを駆使してツリ目っぽさを演出していく。

高校生の日常ではやりすぎな感はあるが、配信の映りを意識してチークとリップも忘れずに。

秋葉はスマホを見ながらではありつつも、一工程ずつ丁寧に、着実に詩歌の顔を手入れしていき、最初は抵抗していた詩歌も、為すがままにされるうちに慣れてきたのか体の力が抜けて、気づけば気持ち良さそうに受け入れていた。

最後の仕上げで、化粧を施した顔がしっかり見えるように前髪をピンで留める。

そうして完成した、詩歌の〝顔〟に——。

「おおっ……」

「うーむ、これはなかなか。我ながらいい仕事じゃん？」

俺は感嘆の声をあげ、秋葉は自画自賛した。

手鏡（当然、今日買ったものだ。家にそんな洒落たアイテムはなかった）を詩歌の前にかざす。

「えっ……」

鏡の中に映る自分と目が合って、独特な色を帯びた詩歌の虹彩が大きくなった。

ぼんやりとした、感情表現に乏しい表情で詩歌は何を思うのか。リップの艶が綺麗な唇をぽかんとあけて。そこにある光景が現実なのだと確かめるように、指でつんと鏡面をつついて。

人生初の化粧に感動しているのか。あるいは自分の可能性の大きさに夢をふくらませているのか。ただ単に美しい姿に見惚れているのか。

本人の感想を待つ俺と秋葉が見守る中、詩歌はようやく言葉を紡いだ。

「元の顔、よくおぼえてない」

「たっぷり溜めた上での第一声がそれかよ」

一気に肩から力が抜けた気分だった。感動していたわけでも見惚れていたわけでもなく、「あれ、自分の顔ってどんなだっけ？」と思い出せないから一時停止していただけとは……。詩歌らしい気の抜け方といえばそれまでだが、とことん締まらないやつだと我が妹ながらあきれてしまう。

「そういえば、引きこもってるあいだは鏡なんて見なかったもんな……。学校に通うようになってからも、詩歌の身支度はぜんぶ俺がやってたし」

「うえ、マジかよ……。私生活ヤバそうとは思ってたけど、そのレベルで楽斗が面倒見てんの？」

秋葉が顔をしかめている。

詩歌は後ろめたさ皆無で、まるで当然のことのように言う。

「うん。兄におまかせ。鏡、見ない」

「くるってる……この兄妹、やっぱりどっかくるってる……」

「五七五のリズム。綺麗。耳にすっきり、ぐっどじょぶ」

「いや、褒め方びみょー」

親指を立てる詩歌に、げんなりした様子の秋葉。

詩歌が音について褒めることは実は少ない。誇っていい出来事なのだが、そんなこと当放っておく。

の秋葉には知る由もないのだろう。教えてやったら喜ぶかもしれないが、面倒くさいので

　秋葉はため息をついて、未開封の袋へ手を伸ばした。

「顔が完成したら次はもうちょい髪型を整えて服もセンスよく合わせて……なんだけど、今日はべつにいいかなー」

「なんでだ？」

「配信はスマホで見る都合上、寄り気味の画角になるのがふつうだろ。テレビならカメラが引いたときに備えて全身くまなく飾る必要あるけど、配信の数字を稼ぐだけなら〝顔〟さえよければいいんだ」

「そういうもんか？　全身映してる配信や動画もよく見るけど」

「ダンスとかＬＯＯＫＢＯＯＫ(ルックブック)みたいなファッション系の動画だろ。あれは全身を見せる意味があるコンテンツだからやってるだけだっての。雑談と『歌ってみた』だけなら全身はいらねーよ」

「はぇ～、なるほどねぇ～」

　さすがは秋葉というべきか。他人のふんどしと人気から数字をかすめとって稼ぐだけの山賊かと思いきや、山賊なりにしっかり情報を蓄積してるらしい。

「てわけでうちはもう帰るわー。めっちゃ疲れた」

「おう、ありがとな、秋葉」

「ありー」

詩歌も間延びした声で感謝を伝えた。ぷらぷらと脱力気味に手を振る姿からはテキトーな雰囲気が出ているが、筋力不足のせいでだらんとしているだけで詩歌本人は実は本気で感謝している。

「帰る前に何か食べてくか？　お礼にご馳走するけど」

「えー、どうしよっかなぁ。ちなみに何が出てくんの？」

「シーフード味とチリトマト味、好きなほうで。赤と緑のうどんそばもある」

「カップ麺⁉　手料理じゃなくて⁉」

「手料理なんか俺に作れるわけないだろ。そもそもうちには材料もなければ包丁とまな板すらないぞ」

絶対に使わないし。

「それでよくご馳走とか言えたな……。はあ、まあいいや。メシは家に帰って食べるから、おかまいなくー」

「そっか。じゃあ、また明日。学校でな」

「うーっす。……あっ、そうだ」

気だるげに手を振って、玄関へ向かっていた秋葉が振り返る。そして。

「配信終わったら化粧落とすの忘れんなよー」

最後にそう言い残して、彼女は去っていった。

──正直、助かった。

あとで調べてみたところ、化粧をしたら洗い流さなければならないらしい。そんな情報をつゆとも知らない俺と詩歌は、忠告されなかったら絶対に化粧を落とさず、そのままにしていた。

何から何まで秋葉には感謝しかない1日だった。

ところでそうして変身した詩歌が夜にやった配信は、さっそく大きな成果が見られた。

【再生数】１３２８【イイネ数】１０５【投げ銭金額】０円
【登録者数】79人

１日目はひと晩で１７８しかいかなかった再生数が、配信終了時点で１０００再生超え。

イイネの数も100オーバーと上々だ。投げ銭こそ稼げていないが、1日目の惨状を思えばそこまで望むのは贅沢ってもんだろう。

コメントもめちゃくちゃ多いってわけじゃないが、そこそこの数がきていた。

かわいい、この声好き、歌お上手ですね、フォローしますね、等。好意的なコメントが多くてホッとひと安心。

実を言うと俺は〝シーカー〟での経験から悪意ある視聴者の登場を心配していた。悪質なアンチコメントがきたら管理者権限でバシバシ削除してやろうと身構えていた。けれど幸いにもその心配は杞憂に終わった。

一八ライブの視聴者層にアンチ体質の人が少ないのか、アンチが発生するようなレベルの再生数にまだ達していないのか。理由の特定は困難だが、何はともあれ無事に終わって何よりだ。

30万再生超えの渋谷エリオと比べたら、まだひよこのような数字ではある。けど、千里の道も一歩から。ここからコツコツ数字を稼いでいけばいい。

安心安定の無職生活を夢見てぐふふとよだれをたらす俺の裾を引き、配信を終えた詩歌が目をきらきらさせて。

「兄。これはまぐろ？　大トロ？」

「さすがに無理」

「がーん……」

「リアクション古いって」

数字が伸びたとはいえまだ底辺を脱出したばかり。再生数と生活費支給額の因果関係はわからないが、5万再生以上を安定して出せるような上位層に食いこまなければ安心できない。

ここで調子に乗って大トロ三昧なんかやらかしたら、盛大に死亡フラグを立てるようなものだ。

慎重な行動、超大事。

＊

翌日。繚蘭(りょうらん)高校ミュージシャン学科1年の教室は異様な熱気につつまれていた。

俺たちが教室に入るとあからさまにざわつきが大きくなって、好奇の視線が向けられる。

視線の先は俺……なわけがなく、その隣。俺の横にいる詩歌だ。クラスメイトたちからの注目に気づいていないのだろう、詩歌はふわふわした足取りで教室内を歩き、眠たそうにあくびをしていた。

ふと見ると、秋葉が昨日と同じ座席に座っていた。俺たちに気づくと、こっちこっちと手招きしてくる。ふたりぶんの椅子の上に筆箱とスマホが置いてある。俺たちの席を確保しておいてくれたらしい。

歩き方の怪しい詩歌の手を引いて近づいていくと、俺は、秋葉のニヤリとした笑みに迎えられた。

「やったじゃん、楽斗。今朝は詩歌の話題で持ちきりだぜ」

「詩歌の？　なんで？」

「昨夜の配信を見たからに決まってるだろ」

「マジか！」

「マジマジ」

予想外の出来事にテンションが上がる。良い意味でも、悪い意味でも。熱い塊が腹の奥にこみ上げて、全身がマグマに熔かされそうな気分だった。熱気に酔って、すこし吐き気もする。

教室で一目置かれるのは優秀な結果を出せたからだ。それ自体は歓迎すべきだと、俺も頭では理解している。

しかし残念ながら俺はひきこもりだ。それも他人なんぞ我関せずという天才肌の詩歌と違ってきわめて凡人で、ゆえに人からの視線にも敏感な俺である。いい注目であれ、悪い注目であれ、生身で受ければ具合も悪くなる。

「……うっぷ」

「大丈夫か？　なんか顔青いけど」

「あ、ああ、平気だ。予想以上の反響で、ちょっとな」

「ったくもー、これだから素人はさー。ゆくゆくはスターになろうってやつが、他人の目に尻込みしてどうすんだよ」

「なろうとしてねーよ」

俺がなるのはマネージャー。裏方の花形だ。

より厳密には自称マネージャーになりたい。芸能事務所の雇われマネージャーとか想像するだけで大変そうだし、働きたくないし。

「でも、昨日の配信だけでこんな注目されるとは」

「いきなり再生数を十倍にしてくるなんて、めったにないからな」

「そういうもんか」

「あとやっぱり、めっちゃかわいかったってのが注目されてるでっかい理由だね」

「今日は化粧してきてないのに」

「すー……すー……」

ちらりと横を見て目に入るのは、早くもだらしなく机に頬をのせて眠っている詩歌の顔。

配信のときとは違い、すっぴんだ。前髪も留めておらず、目はほとんど隠れている。

道具は我が家にあるとはいえ俺も詩歌も化粧技術ゼロ。やる気もゼロだ。秋葉にやってもらわなきゃ同じ顔は作れない。

スマホで調べて自分でやれとつっこまれたら返す言葉もないが、昨日の今日でできることでもない。秋葉は他人の知識を借りる能力が高すぎるからできただけで、化粧初心者がいきなり完璧メイクなんて不可能だ。

それに、家の中ならともかく学校では、詩歌は前髪を上げるのを嫌がるだろう。

雑多な音が、煩わしい音が、視えすぎてしまうから。

クラスメイトたちは噂をするだけして声をかけてくることがない。

特別な学校の教室でもそういうところは同じだなと、嘲り含みの感想が頭に浮かぶ。

幸いなのは噂の内容がポジティブってことくらいか。

と、思っていたら——。

「よう、楽斗」

ひとりだけ、声をかけてくる例外がいた。

赤毛の綺麗な甘い顔面（マスク）の持ち主。超イケメンのナンパ男、狛江乃輝亜（こまえのきあ）だ。

「やっぱりオレの目にくるいはなかった」

「人気が出始めたらさっそく古参面かよ。言っとくけど、あんたに影響されたからやったわけじゃないからな」

「わかってるさ。おまえならほっといても勝手に答えを見つけただろうよ」

「その格上っぽい雰囲気の言い回し、絶妙にイラっとするからやめてほしいんだけど」

「ハハ。手厳しいなぁ、楽斗は」

肩をすくめて微笑（ほほえ）む狛江。鼻につくのはまさにそういう態度なんだが自覚はないらしい。

俺は不機嫌さを隠さず訊（き）いた。

「で、何の用だよ」

「麗しの歌姫に挨拶（あいさつ）をしたくてね」

パチンとウインクすると狛江は姿勢を低くして、寝ている詩歌に目の高さを合わせた。

トントン、と指で机を軽くたたく。

「詩歌ちゃん。かわいい顔でおやすみ中のところ悪いけど、起きてくれないかな。それとも目覚めのキスが必要？」

「こら待て」

狛江の肩をつかんで引き剝(は)がした。

兄の目の前で妹を口説くとはどういう了見だコラ、って気持ちをこめて睨(にら)みつける。

狛江は飄々(ひょうひょう)とした態度を崩さず、ググ、と詩歌に近づこうと力を入れてきた。させるか、と俺も力を入れるが、引きこもりの細腕では押しきれない。

均衡状態で押したり引いたりを繰り返していると――。

「んんっ……んー？」

詩歌が身じろぎをした。

ゆったりと、億劫(おっくう)そうに顔をあげる。

間近で揉(も)めている俺と狛江を見て、しょぼくれた目をこする。

詩歌と目が合った狛江はにっこりと爽やかスマイル。

「おはよう、お姫様。昨日の配信見たよ。歌も聴かせてもらった」

「あ、おい、狛江っ」

油断した隙にするりと俺の手から逃れて、狛江はふたたび詩歌に顔を近づける。

あごにそっと指を添えて持ち上げて、甘いイケボで囁(ささや)いた。

「どうやらオレはキミの歌声にすっかり魅了されちまったらしい。どうだい？　放課後、カラオケにでも。素敵な歌声、ふたりきりで、じっくり聴かせてほしいんだけど」

「………」

ぽーっとした目で狛江を見る詩歌。

もちろん見惚れてるわけじゃない。半分眠っている、寝ぼけた眼差しだ。

よほど自分の口説きに自信があるんだろう、狛江は、チョロいぜと言いたげな自信満々の表情だったが――。

「やだ。めんどい」

「OK。それじゃあ放課後、教室で……って、あれ？」

あっさり断られて、瞬きした。

「いま、なんて？」

「めんどい。丁寧に言うと、めんどくさい」

「や、『めんどい』の意味がわからなかったわけじゃなくてさ……」

「じゃあなにがわからないの？」

「えっと……いや、その……まいったな、こりゃ。あはは……」

素朴に首をかしげる詩歌に、頰を掻いてごまかし笑いを浮かべるしかない狛江。

さっきまでの色男っぷりはどこへやら。詩歌の純粋な拒絶に二の句を継げず、困惑するしかない姿には妙な哀愁と愛嬌があった。

「驚いたな。オレが甘い声で誘ったら、女の子はみんな受け入れてくれるのに」

「そうなの？」

「ああ、百戦百勝さ。たったいま、初めて黒星をつけられたけどね」

詩歌は、へえ、と気のない声を漏らして。

ぽそりとこう言った。

「ふしぎ。うそつきの声なのに」

「……！」

一瞬、狛江がハッとしたような顔になった。

そして、探るように訊く。

「オレがうそをついてるってこと？」

「うん。さっきの声は、真っ黒。なにかを隠してるときの色だったから」

「なっ……音を、色として認識してるって……おいおい、マジかよ」

「まじ」

「相手のうそも見抜けるって、どんな理屈だ？」

「わかんない。でも、兄がなにかうそついてるとき、いっつもこの色だった」

傍観者に徹していたら、いきなりチクリと刺された。

実際、詩歌にうそやごまかしは通用しない。長年ひとつ屋根の下で一緒に暮らしてきた身からすれば、それは疑う余地もなく完全に事実だった。

声を発してうそをつけば絶対にバレる。詩歌を騙したかったら、いっさい声を出さずにコミュニケーションを取るか、うそをつかずに沈黙で情報を隠し通すしかない。

この能力があれば、歌手としてだけでなく、警察官や探偵でも活躍できるだろう。

本人は絶対に嫌がるけど。

「えっと……んー……」

「狛江だよ。狛江乃輝亜」

名前を教えられると、詩歌はピッと彼を指さして。

「コマ」

と言った。略しすぎである。

「こ、コマ？　ま、まあ好きに呼んでくれていいけど……」

「コマは、わるいことしたくてうそついてる感じじゃない。でも、なにかは隠してる」

詩歌は言い切った。緩慢な口調ながらも確かな断言だった。

「…………」

あまりに断定的な物言いに、狛江はぽかんと口をあけた。

そして。

「……ぷっ。あはは！　ホントにおもしろいな、詩歌ちゃんは」

堰を切ったように笑いだした。

詩歌から顔を離して常識的な距離を取ると、腹をかかえて笑いつづける。

ひとしきり笑うと、狛江は目尻に浮いた涙を拭いながら。

「降参だ、降参。オレの負け。まったく、ちょっとからかってやろうと思ったら、とんだ反撃をもらっちまった」

「あっ……。…………………ぶいっ」

勝負してたんだっけ？　じゃあ勝者として喜んだほうがいいよね。ぐらいの、特に深い意味のないブイサインが狛江に向けられる。

「ぐぁ……」

銃で撃たれたように狛江が仰け反った。

ぐるんと首を回して詩歌から顔をそむけると、微かに赤くなった顔を片手で隠して。

「反則すぎる……うそだろ、オレ。こんなのでドキドキするとか中坊かよ……」

ぶつぶつとつぶやいていた。

――さてはコイツ、詩歌のかわいさに胸を撃ち抜かれたな？

まあ、当然だな。むしろ地味な田舎娘扱いをされていた、昨日までの評価のほうが不当だったのだ。いまさら気づいたところで妹はくれてやらんが。

「お、オレはもう行く。じゃあな！」

「ばーい」

照れの臨界点に達して足早に去っていく狛江の背中を見送って、マイペースに手を振る詩歌。

完全に手玉に取ってる。無自覚な悪女ムーブとは、末恐ろしい妹め。

教室中から向けられる視線の性質も変わった気がする。

詩歌の言葉が狛江乃輝亜を困惑させた様子は、彼をトップレベルの生徒だと崇(あが)めている生徒たちからしたら異常事態なんだろう。

驚き、感心、嫉妬。いろいろな感情が、教室にうずまいている。

「………」

その中に、ひとつ。

ひときわ強烈な感情をこめた視線があった。

それに気づいて目をやると、視線の主はあわてて目をそらす。

けど、もう遅い。〝彼女〟が詩歌を睨みつけていたのを、俺はしっかり目撃していた。

――渋谷エリオ。

この教室で、頂点に君臨する実力者。あらゆる格下を歯牙にもかけず、圧倒的な実力で上に立つ女……の、はずなのに。

詩歌に向けられる彼女の視線は、憎悪ともとれるほどに強力な嫉妬にまみれたもので。

彼女の口が、動く。

誰に聞かせるつもりでもない、きっと彼女自身がただ自分の中で吐き出したかっただけの言葉。

口の動きだけで、俺にはなんとなくその内容が察せられて。

もしかしたら俺の性格がねじ曲がってるから、そう見えただけなのかもしれないけれど。


『ざけんな、クソ女』


そう言われたような気がした。

……念のため、渋谷エリオには気をつけておくか。

杞憂に終わればそれでいい。だけどもしも変なちょっかいをかけてくるようなら、詩歌が傷つかないように守ってやらなければならない。

それこそが、兄である俺の務めだから。

＊

不穏な予感とは裏腹に午前の時間は平和に過ぎていった。

渋谷エリオや他の生徒たちからの視線こそ感じるものの、特にこれといった接触もなく昼休みがきて、まだ贅沢するには早いから詩歌とふたりでうどんをすすった。

あいかわらず秋葉に旨そうなランチを自慢されることも含めて、昨日と同じ、きわめて平和な時間だった。

——問題が起きたのは、午後だった。

本日も午後一番の授業は『ボーカル基礎』。校舎三階にあるボーカルレッスンスタジオに集められ、アフロの講師が意気揚々とこんなことを言い始めたのだ。

「はぁい！　それじゃあ今日は、『声域』が人それぞれ異なることについて、実際の発声を聴きながら解説していきますよーっ。……実験台になってもイイ人～？」

テンション高く片手を上げて、生徒たちに呼びかけるアフロ先生。

「はい」

と、まっさきに挙手したのは渋谷エリオだった。耳のピアスをシャラリとゆらして立ち上がる。

さすが！　やっぱりエリオだよね！　お手本だもん。当然！　と、そんな声があちこちから聞こえてくる。

「他にはいませんかー？　人によって向いてる声域の違いを比べたいから、最低でもふたりはいてほしいんですがー」

…………。無反応。

生徒たちは互いに顔を見合わせるだけで、誰ひとりとして名乗りを上げる者はいない。

（そりゃそうだ）

スタジオの隅、壁を背もたれに座ってその光景を眺めていた俺はひとり思考する。

講師は『声域』を比べる、と言った。

体格や骨格、喉の構造から本人の特性を比べるだけで、べつに優劣を決めようという話じゃないんだろう。

だけど生徒たちにしてみれば同じようなものだ。他の人間の前に立たされて、高校生にしてメジャーレーベルからのデビューが決まっている天才——渋谷エリオと、明確に比較されてしまうのだ。

誰だって尻込みして当然だ。

挙手を呼びかけられたとき、一瞬だけ身を乗り出している生徒は何人かいた。だけど、彼ら彼女らは渋谷エリオがやると知ったとたんに身を引いて、すっかり沈黙してしまっている。

「うーん。困りましたね。では、渋谷さんと私でやるしかないですか」

「先生、ひとつ提案いいですかぁ？」

「おや。渋谷さん、何かグッドなアイデアがあるなら是非！」

「あそこでのんびりしてる子——」

渋谷はこっちを指さして。

「池袋(いけぶくろ)詩歌さんに歌ってもらうのがいいと思いまーす」

どこか小馬鹿にしているような、ニヤニヤした顔でそう言った。

壁に背中を預けて座っていた詩歌が、ピクリと反応した。

すぐ横にいる俺を見上げて、小首をかしげる。

「わたしの名前、呼ばれた。どうして？」

「みんなの前で歌えってさ。あの渋谷って子も、詩歌の才能に惚(ほ)れたんじゃないかね」

皮肉っぽく言う。

もちろんそんな好意的な意図じゃないことはわかりきっている。

「嫌なら断っていいぞ。俺がうまく言いくるめるから」

「嫌なワケないよね？　あんだけ歌が上手いんだし。見せてよ、お手本」

俺の詩歌への囁きを遮るように渋谷が煽る。

講師や生徒たちの視線が詩歌へと注がれる。

「どうする、詩歌？」

「歌えば、いいの？」

「そうらしい」

「そう。なら、やる」

あっさりそう言って、詩歌はのっそり立ち上がった。

片足を引きずるような緩慢さでずりずりと部屋の前方へと向かう。

目の前まで詩歌が来ると、渋谷はフンと鼻を鳴らした。

「へえ、逃げないんだ」

「逃げる……？　なんで？」

「ッ」

詩歌の素朴な反応に、渋谷はぎりっと歯を噛んだ。

おまえと比べられることなんか取るに足らないことだと言われているような気がしたんだろう。

実際のところは、詩歌にそんなつもりはない。詩歌にとって、歌は誰かと競うものではなく、ただ自分が歌うだけのものだから。

天才を前にしても威圧されない鋼の精神力の持ち主——ではなく。

そもそも目の前の天才の姿が、見えていない。

それが、池袋詩歌の世界観。

「歌と言っても発声だけですけどね。このスマホに向けて、最も出しやすい声で『ラ』と発声してみましょう。それから、一音ずつ下げていったり、一音ずつ上げていったりしてもらえれば、このアプリがあなたたちの声域を測定してくれます。いい時代になりましたよねぇ。昔はピアノに合わせて発声しながら、手探りで向いてる声域を探したものですが。いまやアプリで確実に測定できるんです」

アフロ先生はスマホを取り出し、うっとりした声で言って。

「さあ、渋谷さんから。まずは地声でいきましょう」

「はい」

渋谷がうなずいて、すぅっと息を吸う。

そして。

ラ――ラ――ラ――ラ――ラ――ラ――ラ――ラ――♪

さすがというべきか。歌と呼べるほどのものじゃないのに、ただ声を発しているだけで圧倒される。

音の圧力もさることながら、圧巻なのは声域の広さだ。

前に詩歌の歌唱力を知ったときに音域やら声域やらについて興味が出て調べたことがあるのだが、一般的な女性の歌唱時の声域は地声の場合G3からC5の1オクターブ半だといわれている。

G3とかC5ってのはつまり小学校や中学校の音楽でふつうに習うような『ソ』の音から始まり二つ高い『ド』までってことだが、このへんの話はマニアックすぎるのでいったん忘れておくとして。

平均と比べて低い声の女性も、高い声の女性も、出せる音の高さが違うだけで、出せる音の幅は、訓練をしていなければだいたいこの1オクターブ半の間に収まるらしい。

歌える音域が広ければ広いほど、歌える曲のバリエーションが豊かになる。

5オクターブの歌声、みたいな歌手のキャッチコピーは、ただ高い声が出せるというだけでなく、広い声域を歌えることをアピールするものなのだとか。

そういう意味で、渋谷エリオの声域は——まさに規格外。

ふつうなら限界であろう高さを越えて、ラ、ラ、ラ、と、突き抜けるような高音が、その美しさを保ったままスタジオ内に響き渡る。

計測完了。

アフロ先生がアプリに表示された結果に目を瞠(みは)る。

「地声でF3からF5の2オクターブ。更にホイッスルボイスも含めて6オクターブ!?」

「ふぅ……。ま、こんなもんでしょ」

息をついて、ニヤリと笑う。

「ブラボー！　いやまいりましたね、これは。アルトの子とソプラノの子で比較できればそれでよかったのですが、予想外にいいものを見せてもらいました。まさかホイッスルも駆使してそこまでの高音域も出せるなんて」

講師が拍手した。

ホイッスルボイスとは裏声(ファルセット)より更に高い、笛のような楽器に近い声のことだ。習得するのは極めて難しいが、モノにできれば表現の幅が大きく拡がり、高音域の歌姫と呼ばれる超一流の歌手に成り上がることさえ夢じゃないとされる。

（いや、たしかにすごいけどさ。授業の本題から逸れすぎじゃね？）

俺は内心でつっこんだ。

渋谷エリオの能力なんていまこの場で何の意味もないだろうに、実力をひけらかして何がしたいんだ？

講師も講師でただの自慢に乗っかるなよ。大丈夫か、この学校。

「さすが渋谷さんだね！」「やっぱエリオしか勝たん」と生徒たちも盛り上がっていて、渋谷の見えざる天狗の鼻がぐんぐん伸びていく。

「うーん……」

が、沸いてるスタジオの中で、詩歌だけは無表情のまま、じーっと渋谷の顔を見つめていた。

渋谷もそれに気づく。

「なによ。文句でも言いたいわけ？」

「ううん」

ふるふると首を振る。そして。

「うまく言えないけど……ちょっと、き、も、ち、わるい」

「……はぁ⁉」

詩歌のひと言に渋谷がカッとしたように声をあげた。

悪びれたふうもなく、詩歌が言う。

「『歌ってみた』を聴いたときも、思った。あなたは、なんか変」

「何。アタシいま、ケンカ売られてるわけ？」

「売ってない。ただ、せっかく素敵な音を出せるのに。このままだと、きもちわるくて、もったいない」

「……ッ。知ったふうな口を！」

「ま、まあまあ渋谷さん落ち着いて。池袋さんも、そんなことを言ってはいけませんよ」

詩歌につかみかかろうとする渋谷を、アフロ先生があわてて止める。

一触即発の空気。

誰もが困惑する中、こっそりと俺の横に寄ってきたのは秋葉だった。

「なあ楽斗。詩歌のあの言い方、もしかして絶対音感でもあんの？」

「下手したら、それ以上かも」

「へ？」

「詩歌は音を『色』で認識できるんだ」

「マジか。それはすげーな」

素直に感心する秋葉。

しかしすぐに訝しげな顔になる。

「でもだからって音楽と関係ないような……」

「と思うじゃん？」

そう言って、俺は続ける。

「絶対音感教育の弊害って知ってるか？　って偉そうに言ってる俺も、聞きかじっただけの話なんだけど」

「ほえー。おもしろそうだし、聞かせろよ」

秋葉は前のめりだ。

昔調べたことの記憶を探りながら、俺は話し始める。

「絶対音感って聴いただけで音の高さやメロディを当てたり、自分で再現できる能力って思われてるけど――」

「だいたいそんな感じだろ？」

「いや、実はもっと複雑なものなんだよ。単音に対してだけ音感が働いたり、メロディも正確に把握できたり、周波数も含めて認識できる音叉みたいな人間もいるんだってさ」

「ほえー」

「で、英才教育で絶対音感を身に着けさせるときにさ、ある特定の周波数の音だけを学習させてしまうと結構しんどいんだ」

「特定の？」

「たとえば『ラ』を440ヘルツから始めるよう調律されたピアノは、ラの♯、シ、ド、と奏でていくと466ヘルツ、494ヘルツ、523ヘルツと上がっていくわけなんだが。この並びの音を言い当てられるように教育されたとしても、異なる調律のピアノが奏でる480ヘルツの音は理解できなかったりする」

「あー、なるほど。ひとくちに絶対音感といっても、何を前提とした音感なのかによって変わってくるわけか」

「そ。だから440ヘルツで教育された絶対音感を持ってる音楽家が442ヘルツで調律されたオーケストラでぜんぜん合わせられなかったり、時代の流れで教育されてた周波数帯と違う調律が流行ったりしたら閉店ガラガラ～ってね」

「ほほう。つまりこの秋葉原麻奈は、絶対音感がないからこそ天才……ってこと⁉」

「天才かどうかは知らねーよ」

発想がポジティブすぎるだろ。べつにいいけど。

「でもさ、楽斗。いまの話と詩歌の能力ってどう関係するんだよ」

「条件にもよるけど、人が見える色は750万色に及ぶんだとさ。つまり――」

「人間が奏でる音のパターンはだいたいこの範囲に収まる……とか？」

「正解」

作曲家志望を名乗るだけあってなかなか勘がいいな、と素直に感心しつつ俺は続ける。

「ある特定の絶対音感の持ち主よりも、遥かに高い精度で音を見抜ける。それこそ現代の科学でも分析しきれないような、些細な違和感にも気づいてしまう。――それが、あいつの才能なんだ」

「マジか、すげえな。……ああでも、それってあくまで聴く能力だよな？　自分が歌えるのとはまた別な気がするけど」

「それな」

実際、共感覚はそれほどレアな才能じゃない。

昔は10万人にひとりとか2000人にひとりとか諸説あったが、最近の研究だと100人にひとり程度は共感覚の素養を持っているといわれているくらいだ。

だが、詩歌は凡百の共感覚とはひと味違う。

「それについては、見てればわかる」

「？」

あごをしゃくって、秋葉に、前を見るよう促した。

アフロ先生の仲裁で場が落ち着いたところだった。

渋谷はいまだ怒り冷めやらぬ様子で、詩歌を睨みつけているが……プライドを持ってる自分の声をあんなふうに言われたら無理もないだろう。

兄のひいき目を差し引いても、詩歌はいたずらに相手を傷つけたがるタイプじゃない。何か理由があっての「きもちわるい」発言なんだろうが、渋谷にとっては真意なんか知ったこっちゃないわけで。

「じ、じゃあ次は池袋さん、いってみましょう」

「……ん」

やりにくそうに授業を進めるアフロ先生に促され、詩歌は小さくうなずいた。

一歩だけ前に出る。

ス……と、ほんのすこしだけ息を吸って。

そして。

景色が、一変した。

まるで現在進行形で描かれつつある絵画を見ているかのように。

虹のかかる丘の上に放り出されてしまったかのような、不思議な心地につつまれる。

ラ、ラ、ラ、と発声しているに過ぎないはずなのに。

そこには何の芸術性も込められていないはずなのに。

発せられている音があまりにも綺麗で、精密で、池袋詩歌という存在そのものがひとつの楽器であるかのようで。

俺も、秋葉も、アフロ先生も、狛江乃輝亜も、他の生徒たちも。

怒り心頭だったはずの渋谷エリオですら。

魂を抜かれたかのように、美しすぎる景色に見惚れてしまっていた。

「おしまい」

「……！　あっ、は、はい、ありがとうございましたっ」

詩歌の声に、アフロ先生はハッと我に返った。

そしてスマホ画面を見ながら言う。

「ええと、池袋さんの声域はＧ３からＥ５。地声から裏声まで含めた女性の声域としては一般的なものですね」

「……フン、何よ偉そうなこと言ってたくせに」

渋谷が鼻を鳴らして。

「平凡な声。そんなんでトップ取れると思ってるわけ？」

「ううん」

詩歌は首を振った。

「トップっていうの、あんまり興味ない」

「なっ……」

「それより、わたしの声はどうだった？」

「……！」

詩歌に顔を寄せられて、渋谷はすこし仰け反った。

金色の目で見つめながら詩歌は言う。

「綺麗な『色』だけ選んでみたの。あなたには、どんなふうに聴こえてた？」

「どんなって、それは……」

言いよどんで、渋谷は強く唇を噛んだ。そして。

「どうでもいいっての！」

バンッ、と詩歌の体を突き放して彼女はレッスンスタジオから飛び出していった。

取り残されて茫然とするアフロ先生や生徒たち。

ざわざわと、雑談が捗り始める。

詩歌の言動を悪く言う者、詩歌の声が綺麗だったと素直な感想をつぶやく者、渋谷の6オクターブの声域はやはり特別で詩歌は平凡だったと評する者――いろいろな声が飛びかう中で。

「――わかってねぇなぁ」

俺はぼそりと、隣にいる秋葉にだけ聞こえる声でつぶやいた。

すかさず秋葉が訊いてくる。

「何が？」

「声域の広さなんて歌手にとっちゃオプションのひとつでしかないんだよ。だいたい商業じゃあ一般的な女性の声域で歌えるような曲が作られることが多いんだ。歌い手をやる分には、それだけで充分なんだよ」

もちろん声域が広くて困ることはない。だが、それに頼らずとも豊かな表現は可能だ。

たったいま、詩歌がやってみせたように。

「たしかに。声域はともかく、すんごくいい声だったもんな、詩歌」

「ああ。自分の声を楽器のように自由自在に操ってみせるセンス。共感覚だけじゃなくて、それがあるからこそ詩歌は天才なんだ」

賛否両論まき起こした当の本人は、向けられる視線など意に介さず、渋谷が出て行ったスタジオのドアをじーっと見つめていた。

その瞳の奥で何を考えているのかは、兄であろうとも凡人でしかない俺にははかり知ることなどできそうもなかった。

第3話　コラボ

渋谷(しぶや)エリオとの険悪な関係という不安要素がありつつも、あの授業以来、これといった問題に遭遇することもなく平和に時間は過ぎていった。

一八(インパチ)ライブでの再生数も平均５０００、たまに人気の曲をやれば1万といった具合で、充分に胸を張れる数字を稼げるようになった。

そして、4月の最終日。

「ふんふんふんふふふーん♪　最高の朝がきたぁ～。待ってた～ぜ～今日の日を～♪」

俺は上機嫌だった。

我が家の散らかった床の上、器用にも何も踏まずにダンスを踊り、片手のスマホを華麗にかかげる。

ちなみに「最高の朝」のイントネーションは「サイ、コ、ォッ、のぉ、あ～さ」である。浮かれまくりだ。

「兄……うるさい」

「おお、妹よ。起きてたのか」

「寝てた。……うるさくて、起こされた」

自室のドアを開けて目をこすりながら出てくる詩歌(しいか)。

裾がふとももまであるだぼだぼのシャツ姿の詩歌は、だるそうにキッチンへ向かうと、

「牛乳……」とつぶやきながら冷蔵庫をカリカリと甘く引っ掻(か)いた。

はいはい牛乳ねと俺は冷蔵庫からパックの牛乳を出し、グラスに注いで渡してやる。

口をつけて、こくこくと喉を鳴らし飲み始める詩歌。

口の端から、だらだらと牛乳がこぼれていく。

「ちょいちょいちょいちょい待――ッ！　飲むの下手すぎか！　ああもう、またシャツを汚して……洗濯すんの面倒なんだからなっ⁉」

「だばー？」

「話しかけたわけじゃないから！　会話しようとしなくていいから！」

あわててタオルで拭く。

なぜ朝からこんな介護じみたことをやらなきゃいけないんだ、まったく。

とはいえ、今日はべつにいい。快く水に流してやろう。

流れたのは水じゃなくて牛乳だとか、そんなつまらないつっこみも今日だけは爆笑してやってもいい。

何せ今日は、入学後、初めて生活費が支給される日なんだから！

「喜べ、詩歌」

「んむ？」

「おまえの努力の結果が、いま、あきらかになるんだ。マグロか、ステーキか！」

「おー」

１００万円か、２００万円か。ＷＡＹＴＵＢＥＲ(ウェイチューバー)や人気ライブ配信者たちの稼ぎを見ていたら、それぐらいは余裕でいけそうな気がする。

「さあ、こい！　俺たちの黄金体験(ゴールドエクスペリエンス)！」

きわめて俗物的な金の期待に胸をふくらませて、俺はスマホで口座残高の確認ページにアクセスした。

学校法人、私立繚乱(りょうらん)高校からの入金額。その数字とは……ッ!?

４万３５００円。

「……え？」

……安くね？

いや、金額だけなら、けっして低すぎるわけじゃない。

高校生の身分でこれだけ稼ごうと思ったら、けっこう大変だ。時給1000円だとしても45時間も働かなきゃいけないし。

でも、こう、そういう現実的な話じゃなくてね？

芸能界を目指す若者が通う華々しい学校なら、トップクラスは月収1億突破！　平均値でも月収50万超え余裕！　とか、そのレベルの景気の良さを期待していたわけで。

こんなん、家賃とメシ代で溶けるじゃん……。

「これは、まぐろ？」

「残念ながら、もやしだ。ごま油をかけるぐらいの贅沢は許されるかもしれないけど」

「がーん……がんばったのに……」

ショックを受けて、しょんぼりとうなだれる詩歌。

俺も同じ思いだ。

化粧で顔を作って、人気の曲を高い歌唱力で歌って……これ以上、いったい何が必要だっていうんだ？

＊

「コラボじゃね？」

朝の授業開始前、登校するなり寂しい入金状況を赤裸々に告白して泣きついてきた俺に、頼れる友人、秋葉原麻奈はそう言った。

「最低限のルックスがあって、実力もある。そうなったら、あとは露出機会を増やすだけ。そんなんどう考えても人気者とコラボするのが近道だろ」

「たしかに！」

さすが秋葉。人のふんどしで相撲を取ることにかけては一流だぜ。

「……クソ失礼なこと考えてるだろ」

「馬鹿野郎！　リスペクトだよ！　山賊根性すげえなって！」

「あー、キレた。ぷっつんした。コラボのアイデア出してやんねー」

「あああすみません、ごめんなさい、神様、麻奈様、秋葉様、どうかお慈悲を！」

「しゃーないなー。そこまで拝み倒されちゃあ、知恵を貸してやらなくもないなー」

ふふん、と得意気に言う秋葉。

折りたくなる鼻っ柱を見ていたら、ふと疑問が湧いた。

「てか秋葉は余裕そうだな。再生数の平均は詩歌とほとんど同じなのに、生活は大丈夫なのか？」

「支給額は同じだけど、うちには投げ銭の収入もあるからなー」

「投げ銭!? えっ、情報まとめ配信なのに投げ銭もらえんの!?」

「投げ銭コメントの要望に応えて人気生徒の授業風景を撮影したりとか、コラボしたりとか、いろいろしてんだよ」

「うぇー、山賊も工夫してるんだなぁ」

「また言いやがったよコイツ。いいだろ、べつに。ルール破ってるわけじゃねーし」

「盗撮はアウトでは？」

「残念。校則（ルール）によれば学校関係者による校内の撮影行為はＯＫなんだな、これが」

「マジかよ」

「それ禁じると不便なんだよ。演技やダンスだとレッスン風景を撮影して後で確認するの超大事だし、映画撮ったりグラビア撮るのも大事な活動の一環だからな。いやぁ～、便利なルールだぜ。にっしっし♪」

「法の穴を突くタイプの山賊だ……」

案外、こういうやつが将来大物になったりするんだろうか。

「詩歌の活動は良くも悪くも王道だからなー。この方向性で稼ぐなら再生数は今の十倍から百倍は欲しい」

「数字がデカすぎんだろ……。達成できてるやつ、どんだけいるんだ？」

「うちの学科だと渋谷エリオくらいかなー。初回配信の初速で30万再生超えしてたのは覚えてるよな」

「ああ、すごかったよな」

「渋谷エリオの配信のアーカイブ、見てみ。とんでもねーことになってっから」

「んん？　どれどれ……って、うおっ、なんだこりゃ⁉」

久々に渋谷エリオのページに飛んで、仰天した。

いちばん再生されている配信は、こんな感じ。

【再生数】４５８３３６０【イイネ数】４３２８４【投げ銭金額】１０５２５００円

これは極端に伸びてる配信だが、他にも１００万再生が複数ある。アベレージも70万再生に及ぶのではなかろうか。登録者数も50万人を突破していた。

「なんだこの小学生が考えた戦闘力みたいな数字は。ま、眩しすぎる」

「ここまで伸びたら学校からの支給もかなりの金額になる」

「くぅっ、妬ましい！」

「妬んでる場合かよ。稼いでるアカウントがあるおかげで、うちらの配信の数字を増やすチャンスも得られるんだぜ？」

「……！　そうか、有効なコラボってのは、つまり……！」

「うむ。ミュージシャン学科ならズバリ！　――渋谷エリオとのコラボが最強ッ‼」

「なるほど！　……って、絶望じゃん‼」

希望から絶望まで急転直下。

授業中にバチバチにやりあった詩歌が、渋谷にコラボしてもらえるとは思えない。

終わった……終わっちまったよ、コラボ作戦……。

「いまからでも渋谷に謝罪するか？　土下座して靴をなめたら許してくれるかな？」

「キモすぎて一生拒否られるっつーの」

正論だった。

「クッソ、俺はいったいどうしたらいいんだあああ！」

頭をかかえてのたうち回る俺。

肝心の詩歌は事の重大さに気づきもせず、隣で机に突っ伏して、すやすや居眠り中だ。

まあいいさ、細かい問題解決は俺の仕事。詩歌はただその才能を発揮してくれればいい。

さて、どうしたもんか……。と、頭を悩ませていると。

ふと、視線に気づいた。

それもただの視線ではない。詩歌に向けられている、熱烈な視線だ。

「ん……？」

気づいてそちらの方向を見てみると、さっと露骨に顔をそらした生徒がいた。

赤髪のイケメン同級生、狛江乃輝亜（こまえのきあ）だ。

短髪のおかげで覗（のぞ）いている両耳が、ほのかに赤く染まっている。

そういえば以前の『ボーカル基礎』の授業――詩歌と渋谷が揉（も）めるきっかけになった、あのときを境に、狛江がやたらとこちらを意識してくるようになった気がする。

「なあ、秋葉。あいつって、もしかして」

「フッ。楽斗（がくと）も気づいたか」

新しいおもちゃを見つけた子どもみたいに、秋葉はニィっと笑っている。

彼女に合わせ、俺もあくどい笑みを浮かべて。

「ちなみに、あいつの数字は？」

「かなり高いぜ。渋谷エリオには劣るけど、それでも配信アーカイブは安定して30万は行くし、投稿する楽曲動画の引用数もハンパない。渋谷エリオへの曲提供者ってところも話題性抜群」

「なるほどな。ククク……見えたぞ、光明が！」

「まっ、兵法の基本ってヤツだよな？」

「ああ。俺が打つべき次の一手。それは——」

たっぷりと溜めて、俺と秋葉は。

ふたり、同時に言った。

「『チョロいところから攻める』」


そうと決まれば行動は早かった。

足早に狛江に近づいていき、馴れ馴れしく肩を組んだ。

「こーまーえー君♪」

「げっ。な、なんだよ、楽斗。気持ち悪い声、出したりして」

「気持ち悪いだなんて心外だなぁ。ちょぉーっとだけ仲良くなりたいと思ってるだけなのにさぁ」

「はあ⁉　仲良くって……入学してからいままで、そんなそぶりなかっただろ。いきなり胡散臭いにも程があるだろ！」

「――詩歌にガチ惚れしてるだろ、おまえ」

「ぬあ⁉」

はい、確定。世界一わかりやすい反応をありがとう。

「だったら兄である俺と仲良くしといたほうがいいよなァ？　ん～？」

「か、勝手に決めつけるなよ。オレはべつに、詩歌ちゃんのことなんて……」

「へー、そうゆう態度で来るわけ？」

「な、なんだよ」

「いまコラボ相手探してるんだけどなー。楽曲提供してくれる作曲マンを探してるんだけどなー」

「えっ……え⁉」

「しょうがないなぁ。じゃあ、どこの馬の骨とも知れないイケメンボカロPにでもお願いすっかぁ～」

耳元でいやらしい声で囁いてやる。

すると、狛江は顔面蒼白になって。

「待て待て待て！　する！　コラボする！　曲を提供させてくれっ！」

すがりついてきた。

見事なまでの即オチっぷりである。

「ククク。最初から素直にそう言っとけばいいんだよ。男のツンデレなんて流行らないぜ？」

「いや、女子には人気だぞ。ツンデレ男子」

秋葉に茶々を入れられてしまった。

……無知なくせして知ったような口で女子の流行を語って申し訳ありませんでした。

と、それはともかく。

「やると決まったら善は急げだ。さっそく詩歌にふさわしい曲を作ってくれ」

「ああ、任せといてくれ。兄貴！」

「調子に乗んな。まだ兄貴呼びまで許した覚えはねーぞ」

「じ、冗談だって、楽斗。これくらいで怒らないでくれよ」

「油断も隙もないチャラ男だな、まったく……。で、曲は何日ぐらいで作れる？」

「2週間もあれば」

「アー。大変ダー。間違って他の男に依頼メッセ送っちゃうー」

「い、1週間……」

「『はじめまして。池袋詩歌と申します。今回はコラボについてのご相談です』」

「3日！　3日で仕上げる！」

「おっ、わかってるね～。それでいいんだよ、それで」

圧倒的な再生数を誇る格上相手に有利な交渉を進めるこの感覚、たまらんな。

惚れた弱みってやつは恐ろしいね。

イケメンのナンパ男なんだから女性経験豊富のはずなのにここまで初心な反応を引きだしてしまうとは。やはりそれだけ詩歌の魅力は最高ってことなのか。うーむ、さすがは妹だ。

「ちなみにコラボ配信では、詩歌ちゃんとふたりでどんなことを……？　ポッキーゲームとか、ツイスターゲームとか……」

「は？　おまえうちの妹のこと、性的な目でしか見てないの？」

「いやいやいや滅相もない‼　すんません、調子づきました‼」

「まずは曲の提供&歌うだけだよ。いきなり仲良しアピールしたら不自然すぎるだろ」

俺がそう言うと、秋葉も同調してうなずいた。

そして、俺は更に意地悪な目を向けて言う。

「男女のコラボは慎重に、が鉄則だしな。特に狛江、あんたのガチ恋勢は厄介なの多そうだし」

「うぐ……正論すぎて、返す言葉もないな……」

「何事も順序が大事ってこった。詩歌への楽曲提供を何回か続けていけば、ファンの間でもだんだん受け入れられるようになっていく。じっくりいこうぜ、な？」

「楽斗……！　おまえ、イイやつだなぁ……！」

感涙してガシッと手を握ってくる狛江。

まあ、詩歌はどうせ色恋沙汰に興味ないから、たとえ俺が取り次いだところでその恋が実ることは絶対にないんだが……不都合な真実はそっと胸に秘めておくとしよう。

ともあれ、ひとまず狛江からの楽曲提供は実現しそうだ。

詩歌よりも数字を持ってる相手とのコラボだ、これはきっと死ぬほど数字を伸ばせるに違いない。

と、そこまで考えてふと思う。一個だけ、気になることがあった。

「そういえば、詩歌への曲提供って契約的には大丈夫なのか？」

「ん？　契約って？」

「ほら、渋谷にも曲を提供してるんだろ？　名コンビで有名って聞いたけど、独占契約を結んでたりは――」

「ああ、しないしない」

声をひそめて訊く俺に、狛江は軽い調子で否定した。

「レーベルと契約してるのはエリオちゃんだけ。オレは挿げ替え可能な哀れな男ってね」

「へえ、そういうものなんだな」

「デビュー作こそオレの提供した曲だけどさ。レーベルとしちゃあ、次代の歌姫をビッグにするためにも、どんどん格上の座組を用意していきたいんだろうさ。超人気作曲家とのタイアップも企画されてるって話だしな」

狛江は皮肉っぽくそう言った。

口調こそ軽いが、諦めやら嫉妬やら、いろいろな感情を含んだ軽口に聞こえた。

すこし意外だった。

狛江乃輝亜はこの教室では最上級の実力者で人気者だ。そんな彼でも、更に格上の相手との間に、壁を感じている。すべてを持っている人間かのように見えるのに、こんなにも満たされていない顔をするなんて。

「ま、そういうわけで契約は気にしなくていいし、手抜きの心配もしなくていい。オレも一発ガツンと当てるつもりで、詩歌ちゃんの曲を作るからさ」

爽やかな笑みとともに力こぶを作ってみせる狛江。細身の細腕だが意外と筋肉があるのか、ちょっとだけ二の腕がふくらんでいた。おのれ体型までモテそうなやつめ、とレベルの低い妬みを抱きつつ俺は言った。

「おう、頼んだ！」

——詩歌の彼氏候補として認めるわけじゃないけどな！

＊

あれから3日が経った。

今日は土曜日。

一般的には休日と呼ばれる日である。

繚蘭高校に入学してからは感覚が変わったものの、いまだに土曜日が休みといわれると違和感を覚えてしまう自分がいた。

毎日が平日で、毎日が休日。そんな引きこもりカレンダーで生きてきた俺は、どうにもしっくりこない。

一緒にゲームするフレンドが社会人なんだから平日か休日かくらい気づけるタイミング

はあるだろうと思われるかもしれないが、残念ながら昼夜逆転生活をしてるとそれも無理。社会人も帰宅してからログインしてくるし、わざわざ会社での話なんてしてこないから、マジで気づけないのだ。

　しかし、いまは学校に行かなくても許される最高の日！　……って感覚を毎週味わえる。ある意味、中毒的な良さがある環境に思えてきた。

「しかも身の回りの世話をしてくれるメイドさんまでいるときた。天国か、ここは」

「誰がメイドだ。ぶっ●（ころ）すぞ」

　軍手をはめてマスクをつけてゴミ袋に我が家のゴミを詰めていた女友達——秋葉が物騒な台詞（せりふ）とともに睨（にら）んでくる。

「天使でもいいぞ。好きなほうを選んでくれ！」

「どっちもお断りだっての！　べつにやりたくてやってるんじゃねえよ……」

　ため息をついてあきれた様子。

「楽斗（がくと）さ、おまえ人を家に呼ぶくせに、なんで掃除しとかないわけ？」

「え、だってめんどくさいし」

「じゃあせめて人を呼ぶな！　きたねーところに招くんじゃねーよ！」

「仕方ないだろ、狛江（こまえ）から曲が届く日なんだから。曲を聴いて、どんな形でお披露目するか作戦会議しなきゃ」

「てかなんでナチュラルにうちも仲間扱いされてんだよ」

「フレンドなんだから、ミッション達成のために協力し合うのがふつうだろ？」

「いや、ゲームではそうだろうけどさ。ここ、現実……」

「こまけえ、こまけえ。繚蘭高校のシステムなんてゲームみたいなもんなんだから」

「言われてみたらそんな気も……いや、ないない！　その理屈はおかしいって！」

言いくるめられるもんかと首を横に振る秋葉。チッ、しぶといやつめ。

「実際、秋葉の力を借りたいんだよ」

「なんでだよ。詩歌の能力があれば良い曲かどうかのジャッジぐらい余裕だろ？」

「そうはいかないんだってば」

実際、曲を判断するだけなら俺と詩歌だけでもできる。

秋葉は知らないが、詩歌はＷＡＹＴＵＢＥ（ウェイチューブ）でかなりの人気を誇るＶＳＩＮＧＥＲ（バーチャルシンガー）だ。俺も〝シーカー〟の活動を支える過程で多くの曲を聴いてきたし、詩歌の得意ジャンルなどもすべて把握している。

だが、〝シーカー〟での知見は必ずしも一八（インパチ）ライブで通用するとは限らない。

入学後の数々の苦難で、それは学習済みだ。

「曲がウケそうかどうかとか、一八ライブで盛り上がる配信の仕方とか。情報系の配信をやってる秋葉がいちばん詳しいだろ？　俺と詩歌だけで考えるより絶対成功率高いって」

「まあ、それなー」

「餅は餅屋に。頼んだ、相棒！」

「……ったく、調子いいやつ」

ため息まじりにそう言って、秋葉は一杯になったゴミ袋の口をきゅっと縛った。

それを壁際にぽいっと放り投げながら、シニカルな笑みを浮かべる。

「でもま、それが楽斗の才能なのかもな」

「俺の？」

「そ。人に頼る才能」

「なにそれカッコいい。言われたことないけど」

「言い換えると、おんぶにだっこ力」

「カッコ悪ッ！」

「将来、金持ちの女のヒモやってそうだよな、おまえ」

「マジかよ。最高の未来じゃん」

「それが最高って思っちゃうところがクズだわー」

言いながら、家から持参してきたらしい粘着クリーナーでこたつ周りのカーペットを、コロコロし始める秋葉。

……現状、俺をいちばん甘やかして世話を焼いてくれてる女の最上位(トップティア)は秋葉なんだが、あえて言わないでおこう。

しかし呼んだら来てくれるし、汚いところが嫌だからと言って掃除してくれるあたり、素質は充分だよなぁ。何の素質かはさておいて。

「うちも人のことディスれる立場じゃないしねー。いちおうこうして手伝ってるのも下心あるわけだし」

「おっ、いいね。そのほうが良心が痛まなくて、よりグッド」

「おまえに良心なんかあんのかよ……。まー、楽斗はともかく、詩歌とべーったりコネを作っておけば、将来おいしそうだからな」

「気づいちまったか、詩歌の才能に」

「渋谷とやり合ってるトコ見たら、なんかビビッときたんだよねー。神が降りてきたっていうか。ただ者じゃないと思ったね」

「貴重な神を作曲以外のタイミングで降ろしていいのか？」

神が降りないと作れないって言ってたのに。

そうこうしていると――。

ブブブ、と、スマホが震える音がこたつの上から聴こえてきた。

「――きた！」

俺はすぐさま会話を打ち切り、スマホを手に取る。

メッセージの相手は狛江だ。

『こんな感じでどう？』という一文の後、デモ音源が添付されている。

「きたきたきたきたぁ～！　詩歌！　曲きたぞ！」

「ぷはぁっ！」

テンション高くこたつの天板をたたいてやると、中から詩歌がヤドカリみたいに顔を出した。

なんでそんなトコに、と思われるかもしれないが、狭くて暗い場所が好きなやつの習性ってやつだ。許してほしい。

「新曲……。コマの？」

「そうそれ、狛江の！」

「聴く」

そう言って、頭をくいっとこっちに向けてきた。

用意してあったヘッドフォンを詩歌の頭に装着し、スマホと接続。データを詩歌と秋葉のスマホにも送信。そして、再生。

まず肝心なのは、詩歌の感性に合うかどうか。

その第一関門を突破して初めて俺や秋葉が判断するターンがくる。

全員、目を閉じて曲を聴き始めた。

『Study Party Candy（スタディ パーティ キャンディ）』と名づけられた音源データ。その内容は――。

「あれ？」

思わず、声が出てしまった。

ちらっと秋葉のほうを見てみると俺と似たような感想なのか、すこし意外そうな表情をしていた。

ひと言で言えば、明るい曲だった。

タイトルからもすでにその雰囲気が出ているが、カラオケで友達と歌ったら盛り上がるような楽しくてポップなメロディ。カラオケに一緒に行く友達とかいう都市伝説レベルの存在が実在するのかって問題はさておいて、まあだいたいそんな感じってこと。

良い曲ではある。思わず踊り出したくなる、楽しい曲だ。

けれど、だからこそ違和感を抱かずにいられない。

教室における池袋詩歌といえば、気だるげ、マイペース、浮世離れ、居眠り常習犯……とまあ、こんなタグがよく似合う存在だろう。

実際、陽か陰かでいえば詩歌は陰だし、〝シーカー〟の活動でもクールな世界観の曲を歌うことのほうが多かった。

「当て書きなのにこうなるか？　どういうつもりだ、あいつ」

「や、でもナイスだぞ」

怪訝そうに言う俺に、すかさず秋葉が反論した。

「この曲は、バズる」

「マジか」

「ああ。振りつけを考えたくなる曲にはダンス学科の生徒たちも食いついてくるんだよ。うまくいけば一八ライブにいる、圧倒的な影響力を誇るやつらにも、この曲をネタにしてもらえるかも」

「圧倒的な影響力って……芸能人とか、有名ライバー？」

「ばーか、ちげえよ。そこらに届いてもおいしいけど、そうじゃなくて――」

秋葉はすこし溜めてから、続けた。

「一般ユーザーだよ」

「一般……？」

「そう。そのへんのふつうの女子高生とか女子大生とか。繚蘭高校の生徒でもない正真正銘のふつうのやつら」

「そいつらに影響力なんてあるのか？」

「ある。てか、一八ライブでいちばんバズるパターンはそれだぞ。そういうふつうのやつらの間で爆発的に流行ったときが、最強なんだ」

秋葉曰く、ＷＡＹＴＵＢＥと一八ライブの最大の違いが、そこらしい。

一八ライブは、一般配信者がごく少人数のファンを囲っているだけの、きわめて小さいコミュニティが成立している。そしてそんな配信者やコミュニティが星の数ほど存在しているのだという。

昔はＷＡＹＴＵＢＥも有象無象の素人で成り立っているプラットホームだったが、認知度の拡大や大企業の参入に伴って、現在は影響力の強い一部の強者に視聴数が偏っている。素人の間で流行が起きて、それが連鎖していく仕組みがあるわけじゃない。

そこまで言ってから、秋葉は横目でちらっと詩歌を見た。

「まっ、詩歌次第だけどな」

「それな。……どんなイケる曲でも、詩歌がＮＧならナシだ」

俺と秋葉が見守る中、詩歌は。

あきらかに二周目に突入している時間、静かに聴き入って。

「るん、るん、るん」

と、独特の、舌足らずな鼻歌を漏らし始めた。

メロディを舌になじませるように。自分という楽器を調律するように。

しばらくそうしてから、詩歌は、うん、とうなずいて。

目を開けた。

「いける。この曲、好き」

「本当か⁉」

「うん。……ねえ、兄（あに）。コマは、これまでどんな曲を作ってた？」

「狛江（こまえ）？　いや、正直よくわからん。渋谷に曲を提供してたんだとしたら……えーっと」

その場でスマホで調べてみる。

渋谷は一八ライブだけでなく、ＷＡＹＴＵＢＥにもアカウントを持っていて、そちらのほうにこれまで出した曲の試聴音源がアップされていた。どれも作曲はノキア（狛江乃輝亜（のきあ）の活動名だ）になっている。

そこに並ぶ曲を片っ端から最初の数秒だけざっと確認。サムネイルの雰囲気もチェックしていく。

曲のジャンル自体は複数ある。が、一見バラバラなそれらの中にも、共通点を見出せた。

「なんていうか……難易度の高い曲が多いような」

渋谷の圧倒的な声域を前提とし、更に高度なテクニックまで求めてくるような曲。

あえて悪しざまに言えば、己の才能でぶん殴ろうとする暴力的な意図が見え隠れしている。

ただもちろんそれ自体は悪いことではない。

独裁者は時に大衆を惹きつける。

暴力的でさえある実力の押しつけは、一種のカリスマ性を生み、大勢のファンを魅了する――渋谷エリオという才能を突きつける上で、これほどふさわしい曲も他にないだろう。

「やっぱり」

俺の素朴な感想に、詩歌が納得したように言う。

「コマは、いままで限られた種類の音に縛られてた。だから――」

だから、この曲は。と、今しがた聴いたばかりの、詩歌のための曲を指して。

「こういう曲もやりたかったって。そんな気持ちが、すごくこもってる」

「狛江にとっても、新しい挑戦ってことか」

「たぶん」

中学時代から組んできた相棒とは違う相手に提供する一曲。才能ある実力者が己の殻を破ろうとして作ったというそれを、詩歌は敬意を表するように丁寧に胸に抱いた。

「わたしも、この曲なら。新しい〝絵〟を視れそう」

「なら、やるしかないな」

だってそれこそが、詩歌が歌の活動を続けている理由だから。

詩歌は、音の中に〝色〟を視る。

そして、曲の中に〝絵〟を視る。

視たことのない素敵な世界に触れるために、狭くて暗い部屋の中で、こもりっきりで、音を紡いできた。

新しい〝絵〟に出会えることは少なくて、長い、長い旅になると思っていたけれど。

まさか絶対に行きたくなかった教室にふたたび通って、まだ一ヶ月かそこらだっていうのに、こんなにも簡単に出会えるなんて。

世の中ホント、何がプラスに働くか、全ッ然、わかんねー。

その後――。

半日かけて詩歌の収録をして、秋葉の意見を取り入れつつ楽曲の公開と配信の段取りを決めた。

繚蘭高校生徒、池袋詩歌として初のオリジナル楽曲『Study Party Candy』。

万全の態勢で発表されて、秋葉の情報まとめ放送でもしっかりと取り上げてもらった、その運命の一曲は。

【再生数】１２０６９９０【イイネ数】５０１１１【投げ銭金額】２８５０００円

池袋詩歌至上、初の１００万（ミリオン）再生を突破した。登録者数も１０００００人の大台に。

渋谷エリオの数字には及ばずとも、底辺の田舎者と侮（あなど）られていた女子生徒がたたき出す数字としては圧巻で。

教室における詩歌の注目度は、うなぎのぼりに上がっていくこととなる。

良くも、悪くも。

第4話　対立

学校の校門がひとつの境界線だった。俺は、周りの人間が詩歌（しいか）に向ける視線の量と質があきらかに変わるのを肌で感じた。駅からここまでの道路を歩いていても誰からも見られなかったのに、校門という敷居（しきい）をまたいだとたんにまるで芸能人かのような注目ぶりだ。

一般人にまでは知られてないが、繚蘭（りょうらん）高校の中という狭いコミュニティでは知れ渡った。そういうことなんだろうと納得する。

目立ちすぎるのは望ましくなかった。しかし成績を維持して飯を食うには仕方なかった。

俺は諦めの気持ちで息を吐く。

「100万再生を出した翌日の景色だ。気分はどうよ、有名人」

「うー……がるるる……」

当の有名人である詩歌は、久しぶりに人見知りが発動して、俺の背中に貼りついて警戒する犬みたいにうなっていた。

長い前髪はだらりとたれて、目を完全に覆ってしまっていた。絶対に自分を見つめる者たちの姿を視界に入れるものかという鋼の意思を感じる。

「しかも厄介なことに、『実は陽キャ説』まで流れてるらしいからな。フレンドリーに声をかけてくるやつまで現れるかもしれないっていう」

狛江提供の曲『Study Party Candy（スタディ パーティ キャンディ）』を、詩歌は曲に合わせて楽しく明るく歌い上げた。メイクもした上で感情豊かに歌ったせいで、どうやらそれを詩歌本来のキャラだと勘違いしているらしい人がコメント欄にかなりいた。

さっきから遠巻きにこっちを見ている生徒が数人、話しかけたそうにそわそわしているし、いつ突撃されてもおかしくなさそうだ。

「くるなー……くるなー……」

詩歌は長い前髪の隙間から怨霊（おんりょう）みたいな目を覗（のぞ）かせて、呪いをかけようとしていた。

「慣れたほうが早いかもしれないぞ？」

「むり……」

詩歌は、ブンブンブンと長い髪を乱して首を横に振った。背中に組みつく力が強くなった。

重症である。

入学当初にわりと大丈夫だったのは、適度に侮られていたおかげで注目度が低かったのと、いろいろな音であふれるこの学校へのワクワク感が勝っていたからだ。レッスンスタジオで渋谷と対立したときも、音楽と向き合うタイミングだったから周りの視線を無視できた。

何事もない平常なときに注目されるのだけはてんで駄目。それが池袋詩歌という女の子なのだ。

しかし詩歌が望む望まざるにかかわらず、この学校で頭角を現せば自然と視線も集まるようになる。大いなる賞賛には大いなる制限がついて回る。それが一種の等価交換である以上、詩歌には慣れてもらわなくちゃならないわけで。

まあ、もっとも、詩歌がそのへん絶望的に苦手だからこそ、俺のポジションが成立するんだけどな。

俺にできる仕事は、こういうときに詩歌の盾になることくらいなんだから。

「壁、たのんだ。がるるる……」

「へいへい。まあせいぜい頑張りますよ、お姫様」

兄の務めとして、どんなトラブルからでも妹を守ってやるとしよう。どんとこいだ。

と、そんな俺の決意は教室に入った瞬間に砕け散った。

大声で言い争う声が廊下まで漏れ聞こえてきていた時点で嫌な予感はしていたが、ドアを開けて確信に変わった。

「言いなさいよ！　なんであんなヤツと組んだの、この裏切者ッ！」

「オレが誰に曲を提供しようが自由だろ！」

教室では渋谷エリオと狛江乃輝亜が口論をくり広げていた。

渋谷は、逃がさないように壁に追い詰めた狛江の胸倉をつかんで、恐ろしい剣幕で睨みつけている。

誰かと協調して狛江を攻撃しているわけではないらしい。他の生徒たちは修羅場を前に、ただただ、あっけに取られていた。

「だからってアイツじゃなくてもいいじゃん！　アンタも見てたでしょ、アタシをコケにした女よ⁉」

「知るかよ。良い歌い手に曲を渡した。それだけだ！」

「くっ……何よ。スカしたこと言って。アンタがいないと、アタシは……ッ⁉」

そこまで言って、渋谷は言葉を喉の奥にひっこめた。教室に入ってきた俺や詩歌に気づいたらしく、こちらをじろりと睨んできた。

　俺は、何か罵声を浴びせられるかと身構えた。だが、彼女は憎悪に満ちた目こそ見せたものの何も言わず、ふたたび狛江に視線を戻した。

「アタシと縁切るってこと？」

「はあ？　いや、そうは言ってないだろ。なんでそうなるんだよ」

「言ってるようなモンでしょ⁉」

「おいおい、頼むから冷静になってくれ。自他ともに認める天才アーティストのおまえが、なんでそんなに余裕を失くしてるんだよ」

「……ッ。うるさい……ッ！」

　渋谷は声を荒らげると狛江を突き放した。そのまま逃げるように教室を飛び出していく。

「エリオちゃん⁉　ちょ、待てって！」

　伸ばした手が空を切り、狛江はため息とともに肩を落とした。気まずそうに頬を掻いて、「お騒がせしてごめんね～」と、軽いナンパ男の顔に戻って、クラスメイトたちに謝っている。

　そんな様子を横目に、俺と詩歌は先に来ていた秋葉の隣に座る。

　当然いまの痴話喧嘩を見ていたであろう秋葉は、しかめ面で話しかけてきた。

「朝からヤなもん見せんなって話だよなー」

「それな」

「嫉妬は醜いよなー。渋谷エリオめ、詩歌が100万再生達成したの見て焦(あせ)ってんだよ」

「詩歌の数字に対する嫉妬なのか？　狛江絡(がら)みの嫉妬じゃなくて？」

意外だったので、訊(き)いてみた。

秋葉はうなずいた。

「色恋だけなら女子にナンパしまくってる時点でキレるだろ。詩歌の数字に貢献したのがいちばん許せないんだと思うぜ」

「へえ。100万再生なんて、渋谷なら余裕だろうに」

「この新曲の本当の価値がわかってるんだよ。渋谷エリオも」

「本当の価値……ってのは？」

「今回の100万再生は、不運にも伸びなかった100万再生だってこと」

そう言って、秋葉はスマホの画面を見せてきた。一八(インパチ)ライブのアプリを開いた状態だ。

#(ハッシュタグ)Study Party Candy で、大勢のユーザーが動画投稿や配信をしている。

もともと存在しなかったダンスの振り付けをして、曲に合わせて踊っている女子が大勢いた。秋葉は並んでいるサムネイルのひとつを指さした。

「それ、繚蘭(りょうらん)高校ダンス学科の首席でさ。〝竜舌蘭(リュウゼツラン)〟って名前でも活動してる、大塚(おおつか)っていうんだけど」

「前に秋葉から名前だけ教えてもらった子だっけ？」

「そうそう。ヒップホップダンサーなんだけど、けっこうヒップホップの中でもリベラル寄りっていうか、外側の文化もどんどん取り入れていこうってスタンスみたいでさ。何かその子が気に入ったおかげで、ダンス学科でかなり流行ってるんだ」

「へえ。じゃあある意味、１００万再生行ったのは、大塚って子のおかげってことか」

「そう。一気に曲と詩歌の存在が知れ渡ったはずだぜ。少なくとも、校内では」

　そのもったいぶった言い回しで、ピンときた。

　脳裏によぎった仮説を口にする。

「一八ライブの一般ユーザーには、まだ拡がってない……ってことか」

「正解。そこまで拡がれば１０００万再生も夢じゃなかった。でもバズったと言ってもまだ、繚蘭高校内と、繚蘭高校関係者と近しい界隈までの認知で止まってる」

「１００万再生で浮かれてたけど、完全勝利じゃなかったわけか……」

「逆に言えば、運次第で１０００万行ったってことだよ。だから渋谷エリオも焦ってる。このままだとナンバーワンの座を奪われる、ってな」

「突き上げを食らう側の重圧……か。妬まれる側としちゃあ、たまったもんじゃないな」

人の妹にあんまり敵意を向けないでほしい。ただでさえ繊細なんだから。

詩歌は大丈夫だろうか。と、隣に座った妹の様子を見る。

「…………」

無言で、じーっと教室の入口を見つめていた。

さっきまでの人見知りモードとは微妙に違う。向けられる視線にただ怯えている感じは皆無で、集中して何かを考えているようだった。

「大丈夫か？」

念のため声をかけると、詩歌はこくりとうなずいた。

「うん。わたしは平気」

「わたしは、ね。平気じゃなさそうなこともある感じ？」

「うん」

即答だった。

「渋谷……エリ、だっけ」

「エリオだけど、まあ、どっちでもいいや」

「ん。エリって子、さっきの声がいちばんきれいだった」

「さっきって、あの怒鳴り声が？」

「うん。コマを責めてた、あの声。エリのどんな歌声よりも、自然な色」

「罵声が自然って、どんな素質だよ」

「んー。大事なのは罵声じゃなくて──」

詩歌が何か説明しようとしたとき、教室に担任教師が入ってきた。

「HR（ホームルーム）を始めるぞー。今日は大事な報（しら）せがあるからよく聞いておくようにー」

途中で会話を中断されてしまったが、仕方ない。雑談をやめて前を向くことにする。

目の下に濃いくまを浮かべた気だるそうな担任女性教師は、黒板に大きく『中間考査』と書いてから教卓に手をついた。教室に渋谷がいないにもかかわらず、気にするそぶりも見せずに話し始める。

「学校のポータルサイトでも告知しているとおり、二週間後に中間考査がある。一般的な学校の中間考査と比べたらずいぶんラクだから、あんまり身構えなくていいぞー。詳しいルールはサイトを確認してくれ。以上ー」

担任教師の説明は終わった。サイトに書かれている以上の情報は何もないらしい。

たしかにこれなら一部の生徒が欠席していても何ら問題なさそうだ。

（しかしまあ、なんというか……）

配信で数字を取るために奔走して、やっと評価され始めたかと思ったら、教室では不穏な兆し。かと思ったら今度は中間考査ときた。

（あわただしいな、学校生活ってやつは）

ため息をつかずにはいられなかった。

＊

「やっぱいなー」

ＨＲ直後、移動中の廊下でのことだった。秋葉が親指の爪を噛みながらつぶやいた。

俺たちの本日１コマ目は『ヒップホップミュージック』。この授業はレッスンスタジオ等が入っている建物の地下にある、専用の教室で行う。

非日常感たっぷりの教室を楽しみにして浮つく生徒が多い授業なのだが、秋葉の表情は浮かなかった。

その様子を見ていた詩歌が、チャック付きの小さな袋を差し出した。

「グミあげる。マグネシウムたっぷり」

「うわ、びびった。詩歌って気遣いとかできるタイプだっけ」

「義理は果たす」

「お、おう。うちが手伝ったこと、ちゃんと貸しになってたんだな。安心したぜ」

詩歌を何だと思ってたんだろうか。

浮世離れしているし、基本的に何を考えているかわからないが、他人を思いやる程度の一般的な感性は持ち合わせている。……ただ、そのアウトプットがあまりに薄弱で、よく目を凝らさないと見えないだけで。

「べつにマグネシウムが足りなかったわけじゃないけど……ありがたくもらっておく」

「うむ」

「……あむ。……おっ、うま」

詩歌からグミの袋を受け取って中からひと粒つまんで口に放り込む秋葉に、俺は訊いた。

「で、実際何がやばいんだ？」

「中間考査」

「なんだそんなことか。一般的な学校よりラクって話だし、余裕だろ」

「呑気すぎる……さてはサイト見てないな？」

「あとで見りゃいいかなって」

「一刻も早く見とけよ。じゃないと将来真っ暗かも」

「大げさだなぁ。……どれどれ」

言われるままにスマホを取り出し、ポータルサイトにアクセスする。
『中間考査について』という項目をタップして、考査のルールを確認した。

中間考査について

一．本校は授業ごとの中間考査を行わず、学年全員が同一かつ単一の試験を行う。

二．試験期間は5月20日から6月10日まで。期間内であればいつでも可。事前に希望の日時を予約すること。

三．試験内容は『自分自身の実力を何らかの形で表明すること』である。作品の発表・自身の実績のプレゼン・パフォーマンス等、方法は問わない。業界の最前線で活躍する3名の審査員により評価される。

四．点数はつけられるが、成績によって処分を受けるようなことはない。

五．ただし業界人の心証は将来を左右するので、油断せずにいきましょう。

「うわ、めっちゃ罠くせぇ……」

書かれている内容は残酷だった。赤点で退学、といったことはなさそうだし、複数教科を勉強する必要がないため見方によってはたしかにラクかもしれないが、ある意味でふつうの試験より遥かにタチが悪い。

普通科高校の試験ならすこし手を抜いたところで将来に直接響きはしない。大学受験、入社試験、そういう要所だけ努力していれば、途中経過でいくら失敗しても取り返せる。

だがこの中間考査は、下手すれば希望する将来を閉ざされる可能性さえあるのだ。それもハッキリ告げられないまま、サイレントで評価を下げられてしまうかもしれないわけで。

「うちらの担任、テキトーだけど案外厳しいタイプかも。ポータル確認しないやつは振り落とされてもいいって考えてるってことだし」

「なるほどな……。秋葉が危機感持ってる意味がやっとわかった」

秋葉が繚蘭高校に通っている動機は、本人曰く将来の食い扶持を確保するためだ。将来に響くとなれば、秋葉にとっては死活問題だった。

「けどさ」

焦る秋葉を元気づけるように俺は言った。

「入学後最初の考査だし、最低限のクオリティさえあれば、さすがに評価を下げられたりしないいんじゃないか？」

「はーっ、わかってない。クリエイティブってのをまるでわかってないなー、楽斗は」

「お、おう」

おまえはわかってるのか？　という疑問をぐっと呑み込む。

秋葉は、チチチ、と偉そうに指を振った。

「作品にはな、魂が不可欠なんだよ。手抜きで適当に作った小手先の曲なんか、超一流の世界では通用しない」

「まだ素人同然の高校生に一流もクソもなくね？」

「意識の低いアホどもはそうかもだけど、うちは違うんだよ。やっぱやるからには完全、完璧、文句のつけようのない曲を提供しないとねー」

「そんな曲ができる日って、もしかして一生こないんじゃね？」

「てめ、楽斗ぉ！　縁起でもないこと言うなよぉ」

キレながら鳩尾をスマホでえぐってきた。

「痛い、痛い、痛い。やめろっ」

「あれ、楽斗おまえ意外と腹筋硬いな。ヒモ男のくせに生意気な。おりゃ、おりゃ」

「たのしそう。えいっ。えいっ」

「詩歌まで乗らなくていいんだが⁉　ちょっ、両方からは駄目だって……あーっ！」

そんなふうにじゃれ合いながら、俺たちは校舎地下への階段を降りていく。

地下のフロアに足を踏み入れたとたん、音と景色がガラリと変わった。

床も壁も紫色のネオンで彩られ、一定リズムのビートが流れている。ＤＪイベント開催中のナイトクラブという雰囲気の空間がそこにあった。

４月にも何度か授業を受けたが、独特な特別教室が多い繚蘭高校の中でも特におかしな教室だと思う。が、『ヒップホップミュージック』を教えられる場所としては、これほどふさわしい場所もないだろう。

と、そのとき――。

「楽しそーっ！　ボクも混ぜてっ！　オラオラオラオラァ！」

「は⁉　……ちょ、３人目はさすがに……ていうか誰――ぬはっ、はははは！」

とつぜん横から乱入してきた第三者の攻撃（指できた）で、俺の腹筋は完全に崩壊した。

左右からの鳩尾に加えてへそ周りまでやられて、さすがに爆笑をこらえられなかった。

「ぬほっ、ははは！　だ、誰だっ、おまへっ！」

「キミこそ誰だーっ！」

「知らないのに絡んできたのかよ⁉」

「知ってるよ！　その子はシーちゃん！　そっちはマナマナ！」

乱入者の少女は、詩歌と秋葉を順番に指さした。

ふたりのことは知ってるらしい。複雑な気分だ。まあ、俺は配信すらしてないんだから、認知されてなくても当然なのだけど。

「あれ？　てか、どこかで見たような……」

指が腹から離れたおかげで爆笑から解放された俺は、あらためて少女の顔を見た。

童顔の上に化粧をバッチリ乗せた、整った顔。幼さと大人っぽさが同居した危険な色気を感じさせる。

長い黒髪に差し色のように赤メッシュ。頭の帽子も完璧な取り合わせ。腕もふとももも腹も大胆に肌をさらした派手な動きを想定した服装は、いかにもなダンサースタイルだ。

見るからに制服姿ではないが、そういえばこの高校はどうやら服装は自由らしい。

いちおう制服は存在しているものの、それをどうアレンジしてもかまわないし、制服を

着ない選択も許されていた。さすがは芸能人の卵が通う学校だと感心してしまう。

この時間にこの部屋にいるってことは、『ヒップホップミュージック』の授業を受けている生徒だろうから、顔を知ってて当然ではあるのだが。なぜだか、そういうレベルではない既視感に思えた。

「あ、あ、あ、ああ、ああっ……！」

最初に反応したのは秋葉だった。

「おっ、大塚っ……大塚竜姫！」

「イェア！　正解！」

「大塚……ああっ、ダンス学科首席の！」

俺もすぐに思い出した。

この授業ではずっと同じ教室にいたはずだが、たいして意識していなかったため、記憶からすっぽり抜け落ちていた。

こんなに存在感のある子なら目立っていてもおかしくないとは思うが……それくらい、俺は授業中に上の空だったということだろうか？

「お、知っててくれてるんだ？　うれしーっ！」

「そら有名人だからな」

「で、キミだれ？」

あっけらかんとした口調で大塚は言った。

受け取り方によってはひどい質問だが、あまりにも屈託がない声のせいか嫌味な感じはまったくなかった。

俺は素直に自己紹介した。

「池袋楽斗。こっちの池袋詩歌の兄」

「ガッ君か～！　おけおけ、よろしくぅ！」

親指を立てて笑う大塚。

「ガッ君……」

唐突につけられたあだ名を、俺は噛みしめるようにくり返した。

秋葉が怪訝な目を向けてくる。

「なに浸ってんだ？」

「いや、同級生にフレンドリーなあだ名つけられたの、初めてだなって」

「悲しい浸り方すんなよ……」

「悪口みたいなあだ名だったら死ぬほどつけられたけどさぁ」

「悲しさが増える情報を追加すんなよ……うう、なんて哀れな……」

同情されてしまった。

そんな俺たちのやり取りに、何が可笑しいのか「哀れ哀れー！　あはははは！」と大塚が腹をかかえて爆笑する。

「やっぱおもしろいなー、キミたち。さすがあの神曲を出した子だね！」

「あっ、そういえば、詩歌の新曲で踊ってくれたんだってな。ありがとう、めちゃくちゃ助かった！」

「おけおけ。ボクも超楽しかったよ！　キャンディ～、パーティ、レッツスタディ～♪」

歌詞を口ずさみながら大塚はステップを踏み始める。自然と体が動いてしまうといったような何気ない動きにもかかわらず、ひとつひとつの動作がキレキレで、洗練されたものを感じさせた。

「……！　るん、るん、るんっ……」

「いいねーっ！　シーちゃん、ホットだねーっ！」

「るん、るん、るんっ」

踊る大塚に合わせて、詩歌も適当に体を揺らす。

海中でゆらめくイソギンチャクみたいな奇妙な動きで、ダンスの基礎すらできていないであろう詩歌の踊り。だけど大塚は未熟さの指摘や小言をいっさい挟まず、詩歌と合わせて楽しそうにしていた。

「なにこのテンション。とつぜんすぎてついていけない……」

「安心しろ、秋葉。俺もだ」

「大塚はこういうキャラだからいいとして、詩歌はなんでノリ始めたの？」

「さあ？　本人じゃなきゃわからないけど、たぶん――」

ステップを踏む大塚と、見様見真似（みようみまね）で適当に体を動かす詩歌をちらりと見る。

初対面なのに詩歌が人見知りを発動していないのは、大塚の親近感がなせる業なのか。

詩歌の顔は真剣そのもので、ふんふんとすこしだけ鼻息を漏らしながらステップの真似をしていた。もしかしたら大塚が口ずさむ『Study Party Candy（スタディパーティキャンディ）』をよほど気に入ったのかもしれない。

理由なんて、予想もつかないから。

だから俺は、適当な結論を出す。

「――天才同士、惹（ひ）かれ合うこともあるんじゃね？」

「うわ、イイこと言ったふうに逃げた」

「うっせえよ」

実際、教室で天才（渋谷エリオ）のドロドロした嫉妬を目の当（ま）たりにしたばかりだったから、大塚と素直に打ち解けている詩歌を見てホッとしたんだ。

学校生活も案外悪くないじゃん、と思えたから。

こうして俺たちはなし崩し的にダンス学科首席、大塚竜姫と友達になったのだった。


渋谷エリオの激怒という朝の出来事が衝撃的ではあったが、今日はそれ以降も何事も起こらずに過ぎていった。

渋谷も2コマ目以降の授業で何度も同じ教室で一緒になったが、これといってこちらを意識する様子も見られず、もちろん接触もしてこなかった。

彼女の取り巻きの生徒たちも最初のうちは距離感を計りかねていたが、放課後になる頃にはもう普段と同じ雰囲気に戻っていた。

一件落着、でいいのだろうか？

そういえば帰りのＨＲ（ホームルーム）が終わって、帰宅途中の電車の中でひとつ気づいたことがある。


『カラオケが上手（うま）いつもりになってる素人。渋谷エリオの足元にも及ばない』

『自分がかわいいと思ってんの？　キモ』

『作曲者にオフパコさせて曲もらったってマジ？』

100万再生を突破した詩歌の配信アーカイブに、心ないアンチコメントが投稿されていた。

(先に気づけてよかった。雑草むしり、っと)

詩歌が目にすることなんて絶対ないように、俺は管理者権限でそれらを非表示にした。

削除にしなかった理由？

それはもちろん、詩歌を傷つけようとしたやつを絶対に許さないからだ。

覚えてろよ、名無しの誰か。

後悔させてやる。

*

ぎこ、ぎこ、と金属が軋む音と、はあ、はあ、と荒い息遣いが交錯する。

本日最後の授業。場所は校舎からすこし離れたところにある体育館に併設されたジムだ。

ランニングマシン、エアロバイク、ショルダープレスにラットマシン……と、本格的な機器が所せましと並んでいる。

レッグプレス（座りながら両脚を突っ張るように伸ばし重いプレートを押し返す機械）で下半身を鍛えつつ、俺はトレーニングウェアに着替えた生徒たちが肉体づくりに励む姿をちらりとうかがった。

『筋力トレーニング基礎』――誰もが、思い思いのメニューで体を鍛えている。このジムでできることなら何をしてもいいというゆるい授業のせいか、他の授業と比べても一段と空気のゆるみを感じた。

本当に大丈夫か、この学校？

怠惰こそ正義！　惰眠を貪りながら稼いでこそ超一流！　をモットーとする俺にとっては最高の環境だが……他人事（ひとごと）なのに心配になってくる。

こんな中でも本気でやれるやつだけが一流になれるってことなんだろうか。

ちなみに怠惰仲間である詩歌（しいか）と秋葉は、さっきまでランニングマシンで走ってたのだが一瞬でバテて、現在は休憩スペースである自販機前のベンチで休んでいる。

仕方ない、運動不足だもんなぁ、などと思いながら、俺は両脚を踏ん張ってギッコン、バッコンとリズミカルにレッグプレスを鳴らしていた。

そのとき、誰かが隣に立つ気配がした。

（お、珍しい）

レッグプレスはわりと不人気で、俺の近くにはさっきまで誰もいなかった。

設備が一式整っているとはいえ、あくまでもここは芸能の学校。生徒たちが目指すのはスポーツ選手でもなければボディビルダーでもなく、役者やモデル、歌手、アイドルだ。

魅せるための肉体づくりはたしかに必要だが、筋肉についての意識が高い人はほぼおらず、腹筋や背筋、ランニング、ベンチプレスといったポピュラーな機器に集まりがちだった。

……まあ、人が少ないからこそ俺はここにいるんだけど。孤独サイコー。超落ち着く。

「お隣、よろしいですか？」

「……えっ」

まさか話しかけられるとは思っていなくて、うわずった声が漏れてしまう。

透明感のある女性の声だったからなおさらだ。

「えーと、はい。どうぞ。……って、え!?」

相手の顔を見て目玉がまぶたの裏でひっくり返るぐらい驚いた。

まじまじ見つめてしまったせいだろう。その女子生徒は、不思議そうに小首をかしげた。

「……何か？」

「あ、いえ。超有名人だったもので、つい。お隣ラッキーだなって」

「フフ。直球ですねえ」

不躾な言い方にもかかわらず、たおやかに微笑む女子生徒。丁寧に織った羽衣のように上品な雰囲気を醸し出す彼女のことを、俺は当然知っていた。というか知らない人なんてこの学校にはいないだろう。

神田依桜。

入学式で祝辞を読み上げていた上級生だ。３年生首席で繚蘭高校屈指の実力者。最前線で大活躍する一流の女優である。

大講堂で見たときは制服だったが、現在はトレーニングウェアだ。上半身は胸部だけを覆うチューブトップで、引き締まった腹部を覗かせている。下は脚にぴったりとフィットしたスパッツ姿。健康的なくびれに目が奪われかけて、俺はあわてて目をそらした。

……目の毒すぎるだろ、これ。

「でもラッキーじゃありませんよ」

「え？　それって、どういう……」

訊いた俺の横、彼女はレッグプレスに座り、両脚をプレートに添えて体勢を整えた。ギッコン、バッコンと音を立てながら口を開く。

「偶然じゃなくて、あなたと話したくてここに来たってことです。池袋楽斗さん」

「ああ……妹の話ですか？」

１００万再生突破をきっかけに、詩歌の校内知名度は爆上がりしている。

一部のマニアな生徒だったら、兄である俺の存在を知っていてもおかしくないだろう。

ただ俺本人に用事がある人なんかいないだろうし、彼女の目的は……詩歌とのコラボ、あたりか？

と、そんな俺の質問に彼女は、意外な反応を返した。

「いえ、そちらは特に。もちろん彼女の才能も素晴らしいと思いますが……私はあなたに興味津々（きょうみしんしん）、ですので」

「俺に？」

「そう警戒しないでください。逆ナン、ではありませんので」

「……こっちが身構えたことすら一瞬で見破るとか、からやめてほしいんスけど……」

実際、警戒していた。

この学校で活躍しているわけでもなく、存在感も薄い俺に興味津々だと言って近づいてくる美人……からかわれているか、悪意を持って詩歌に近づこうとしているか。脳味噌（のうみそ）を極限までお花畑にして考えてみても、美人局（つつもたせ）って可能性しか思い浮かばなかった。

「校内で偶然あなたをお見かけして以来、いつか話しかけてみたいと思っていたのです。そしていまこそ好機、と飛び込んでまいりました」

「は、はあ……べつに俺なんか、そのへんでテキトーに捕まえられる雑魚キャラですが」

「本当でしょうか？　あなたの歩き方や体つき、とても洗練されているように見えます」

「……引きこもりのぐうたら歩行が何か？」

「格闘技、されてますよね」

「オトコノコらしく、漫画の真似してドグシュ、ドグシュとやってたことなら。中二病の延長で修行ごっこをしたりとか、まあ誰でも通る道でしょ」

「見たところ体重は50kgほどですよね」

「見ただけで正確に当てられるの怖すぎるんスけど、まあ、それぐらいかな」

「その体重で、レッグプレス、２００kgの重さでやれる人はなかなかいませんよ」

「……まじ？」

「まじです」

ギッコン、バッコン、と動かしていた脚をぴたりと止めた。

他にやってる人が誰もいないから比べられなかったが、これ、そんな重かったのか。

「引きこもりの筋力ではないような？」

「引きこもりだからこそ家で暇してて無駄に筋トレしてたりするんスよ。あは、あはは」

「なるほど、そういうものなのですね。……んっ、ふっ……」

納得する声の後ろになまめかしい吐息が混ざる。引き締まった腹筋が収縮している姿に妙にドキリとさせられた。

見るな、意識するな、無心になれ。と、自分に言い聞かせて、俺もふたたび脚の動きに集中していく。

聞いているのかいないのかも曖昧な俺の態度を気にも留めず、彼女は歌うように言葉を紡ぐ。

「女優などという仕事をしていますと、自然と人を観察する癖がついてしまいまして」

「フッ、ハッ、フッ……」

「人は基本的に自分という人間のどの部分を見せるか、あるいはどの部分を隠すか、考えながら生きています」

「ホッ、ハッ、ヘッ……」

「それは表か裏という二面だけでなく、六面ダイス。もしくはもっと複雑なもので――」

「ハッ、ヒッ、フッ……」

「ただ人によって多少の差はあれど、ほとんどの男性は、私に対して似たような〝顔〟の見せ方をするんです」

「へえっ、ホッ、ハッ、そうなん、スかっ」

「下心を隠し、己の魅力となる長所を見せたがる。あからさまにせよ、さりげなさを装うにせよ。そういう見せ方をしようという意図が、私にはハッキリと見えるんです」

彼女のほうの音が止まった。

それにつられてつい横を見てしまい——後悔した。

神田依桜の、透明感のある瞳を正面から見てしまったからだ。

「あなたは逆でした」

魅力的な目を細めてにっこりと微笑んで、彼女はレッグプレスから体を外し、座り直すと、首筋に浮いた汗をタオルで拭く。

「下心を表に見せながら、体を鍛えている事実を頑なに隠そうとしています。私の好奇心、とてもくすぐられます」

「は、はあ……。何か、変わってますね」

「ありがとうございます」

「……いや、そこでお礼は違うような？」

「私もあなたを変わっていると思っているので、お互いに好奇心の穴を埋め合えるという意味なのかな、と」

「すごい発想の飛躍だ……」

「校内でお見かけしたら、またこうして話しかけてもよろしいですか？」

「あんまり目立つ真似は勘弁だけど」

「人目を忍んでの逢瀬は歓迎という意味ですね。了解、把握、です」

曲解がひどすぎる。

そうあきれつつ、俺は、さてどうしたもんかと考えた。

俺のことを察して深入りしたがっているようだからあまり油断できない相手だとは思う。とはいえ繚蘭高校一の実力者。お近づきになれれば、詩歌の未来という点でも、目の前の数字目的のコラボ相手という点でも有利に働くこと間違いなしだ。

だったら、答えはひとつだ。

「妹ともども、仲良くしてくれるとうれしい。……えーっと、神田先輩？」

「依桜、と呼び捨ててください。私も〝楽斗さん〟と呼ばせていただきますので」

「上級生を呼び捨てとか生意気すぎません？」

「敬語もいっさい不要です。だって楽斗さん、私と同い年でしょう？」

「そんなことまで知ってるのかよ」

クラスメイトだって下手したら興味関心の薄いやつは知らないだろうに。

そこまで徹底して調べ尽くされていると、好意を喜ぶより先に恐怖が勝るんだが……。

「人物プロフィールの把握は職業病ですから」

「にしても行きすぎてる気が……」

「──仲良くしてくださいね。楽斗さん」

つっこみを遮るように清らかな微笑みを浮かべてそう言うと、神田先輩──いや、依桜は立ちあがった。

俺は観念して、深いため息とともにこう言った。

「ああ……よろしくな、依桜」

「はい。それでは、お先に失礼いたします」

最後まで清楚な態度を崩さずに依桜は背中を向けて立ち去っていく。その背中を見送りながら俺は、ギッコン、バッコン、とレッグプレスを再開した。

詩歌や秋葉に、この出会いをどう説明したもんかと考えて……めんどくさくなってきて考えるのをやめた。

まあ、適当なタイミングで雑に伝えればいいや。

＊

その日の夜——。

時刻は夜中の10時。我が家の自室。

俺はゲーム仲間のジークさんとのチャットを終えてPCの電源を落とした。

「そろそろ寝るか……」

そうつぶやいた自分が可笑しくて、俺は自嘲した。時計の針がてっぺんを回る前に寝る気になるとは、ずいぶん学校生活に毒されたものだ。

引きこもりしてた頃はむしろこの時間からが本番だった。詩歌も夜更かしの常習犯だったはずだが、いまは隣の部屋から物音ひとつしない。たぶんもう、布団に潜って寝ているんだろう。

「……お？」

枕元で充電していたスマホが震えた。

画面を見てみたら、DMの着信を報せる通知だった。

ただし、俺のアカウントに届いたモノじゃない。

俺のスマホに紐づけられている、池袋詩歌の一八ライブのアカウントに対して送られたDMだ。

詩歌は他人との交流にいっさい興味がなくて、めんどくさいからとDMの確認や返信をぜんぶ俺に一任していた。WAYTUBE（ウェイチューブ）の頃からそうで、繚蘭高校に入学してからの、一八ライブのアカウントも同じだ。

「え？」

差出人の名前を見て、思わず声が出た。

渋谷エリオ。

「あいつが詩歌に何の用事だ？」

警戒しながらメッセージを開く。今朝の様子を思い出したら、ろくな話題じゃないような気がした。

攻撃的なメッセージだったらどうしてくれようか。そう思っていたのだが——。

『いまから会えない？　大切な話がしたいの』

予想外の文章だった。

『なんの用？　もう遅いし、学校で話すのはだめ？』

あまりにも情報不足なので、質問を返した。

返信はすぐにきた。

『人目がつくところで話したくない。アンタが住んでるトコの最寄り駅まで来てるから、場所を指定してくれたらすぐ行ける』

なんで住所を知ってるんだよ。

『秋葉原に教えてもらった。コラボ配信するのを条件に』

買収されてる⁉　渋谷の知名度に惚れてあっさり俺たちを売るとは、なんて薄情なやつだ！

『住所までは教えてくれなかったけど最寄り駅までならギリ、って』

『まあそれくらいなら……』

ギリOKかどうかを判断するのは秋葉じゃなくて俺たちだと思うんだが、まあこの際、細かいことはどうでもいいか。

そういえば秋葉のやつ、中間考査をどう乗り切るか悩んでいたよな。考査までにコラボを成立させて、「作曲者として一流の歌い手と関係構築に励んでいました！」って感じのプレゼンでクリアしようって腹積もりかもしれない。

あいつも一生徒として生存に全力だったってことで、住所まで漏らさなかったなら良しと許してやるか。部屋の掃除もしてくれたしな。

しかしどうしたものかと俺は考える。

自分の時間を差し出してまでこんな夜中に接触しようとは、どう考えてもまともな用事じゃない。とはいえ、何か意図があるならその糸口ぐらいは知っておきたかった。放置した結果、知らないところで厄介な事件が進行していたら最悪だ。

詩歌は連れて行かない。俺だけで渋谷と会ってみて、相手の出方をうかがう。おそらくそれが最善の行動だろう。

『わかった。いまから指定する公園にきて』

そう返信すると、俺は部屋着からよそ行きのパーカーに着替えた。

詩歌の部屋のドアを一瞥（いちべつ）して気配がないのを確認してから、「ちょっと行ってくる」と俺は小声でそう言い残して家を出た。

＊

夜の児童公園は妙な雰囲気があった。

昼には気づかなかったが、敷地（しきち）の真ん中にすべり台がひとつだけのシュールな公園だと思いきや外灯は充実していたらしく、星ひとつない夜だというのに敷地内は白く照らされていた。

昼のうちは意識の外にあった自動販売機や公衆トイレも、灯りが点いてるおかげでよく目立つ。

不良の集会場になってそうな場所だ。変な事件にまきこまれる前に一刻も早く家に帰りたかった。

一台の車が公園の入口前に停まった。なかなかの高級車だ。前にこの公園にきたときも似たような光景を見たような気がする。天王洲圭の車とどっちのほうが高いかなと、どうでもいいことを考えてしまった。

助手席から降りてきたのは渋谷エリオだった。制服ではなく私服姿。制服ですらセンスよく着こなしている彼女の私服姿は、この上なく洒落ていた。俺なんかではその服がどこで売られているのかさえわからない。

すべり台の前に立っている俺に近づいてくると、渋谷はフンと鼻を鳴らした。

「どうせそんなことだろうと思った」

「へえ。詩歌本人がこないって、予想してたんだ？」

「あたりまえでしょ。自称マネージャーで、特例で一緒に入学までしてくる兄なんだから。こんなときに出動しなかったら、ただのシスコン野郎じゃん」

「本当に用があったのは俺、か。この俺に、どうしても学校で話せない話か……ハッ⁉

まさか愛の告白……⁉」

「んなわけないでしょ！　最悪！　発想がキモすぎ！」

「ぐあっ……そ、そこまで言わなくても……」

言葉の刃に容赦なく貫かれてショックを受ける。鼓膜をふるわせる天才歌手のボイスではっきり拒絶されると、凄まじい破壊力だった。

「……って、そっちはひとりじゃないんだな。彼氏と一緒だったとか？」

たったいま運転席から降りてきた男を見て、意地の悪い質問をしてみた。

渋谷はあきれた顔で言う。

「あれはマネージャー。レッスンの送り迎えで同行してるだけ」

「レッスンって、こんな時間までやってるのか……学校でも似たようなことしてるのに」

「学校の授業だけで満足なら、べつにそれでいいんじゃない？　アタシは違うってだけ」

当然のように言ってみせるが、異常な練習量だと思う。

死んでも他の歌手には負けないという執念のようなものを感じずにはいられなかった。

「けどマネージャーって……そうか、メジャーデビューが決まってるから……」

「どうも、こんばんは」

俺の視線とつぶやきに応えて、渋谷の後ろに立ったスーツ姿の男性が一礼した。

一歩前に出て、両手で名刺を差し出してくる。

「クイーンスマイルの中目黒晋平と申します。渋谷エリオの担当をしています」

「あ、ご丁寧にどうも……」

名刺を受け取りながら、相手の顔を観察する。

眼鏡をかけた長身の男性だ。二十代後半か三十代前半だろうか。やわらかな声と丁寧な物腰で温厚な印象を与える。しかしマネージャーといえどやはり芸能界の人間、剃り込みの深い髪型はどう見ても美容師に整えられたものだし、ただ真面目なだけではない、デキるビジネスマンの風格だ。

「池袋楽斗さんですね。天王洲社長からお噂はかねがね」

「ああ、あのおっさ……圭サマと友達なんですね！　うわー、世界って狭いなー！」

「あ、いえいえ。あんな大物を相手に友達だなんて。生意気言うなとうちの社長に怒られてしまいますよ」

困ったように頬を掻いて、中目黒氏は続けた。

「世界は広いのですが、業界は意外と狭いものでして。知り合いの知り合いまで参加ＯＫの飲み会を開くと、意外と大物にまで手が届くんです。それで、まあ、渋谷のワガママで天王洲社長と話ができる場を作りまして……」

「ワガママって何よ。情報集めもマネージャーの仕事でしょ」

「業務内容には含まれませんよ……？　もういまさらなんで、どうでもいいですけど」

中目黒氏の顔には諦めの色が浮かんでいた。渋谷のじゃじゃ馬っぷりに、ずいぶんと頭を悩ませていそうだ。

「とにかく。高等部からとつぜん現れて、好き放題に調子に乗ってるアンタらがどういうやつらなのか、探らせたわけよ。そしたら――」

「！」

俺はとっさに身構えた。頭のなかで、目の前のふたりをどうすべきかと、高速で思考を巡らせる。

もしも天王洲圭が詩歌(しいか)の正体をＶＳＩＮＧＥＲ(バーチャルシンガー)〝シーカー〟であると漏らしていたら、俺は、渋谷エリオを明確な〝敵〟だと判断しなければならない。脅迫やらイジメの材料にするつもりなら、こちらも相応の対処で臨むつもりだった。

さあ、どうくる？

「――何もわからなかった」

「……へ？」

「何もわからなかったのよ！　天王洲さん、アンタらの出自についてはガン無視。そこのマネージャーがいくら訊いても『僕、いい子見つけてきたでしょ？　褒めて褒めて』って言うだけだってさ！　なんなのアンタら、どこで拾われたの⁉」

「あー……あははは、どこだろうねー」

まさにこの公園で拾われました、と教える義理もないので愛想笑いでごまかした。

正直、肩透かしだ。

「フン。まっ、どこでもいいや。出自不明の謎の実力者――上等よ」

渋谷は急に距離を詰めると俺の胸倉をつかんで顔を近づけてきた。

「勝負しろ」

「なんで？」

「目障りだからよ。負けたら二度と乃輝亜の曲を歌わないで。いい？」

「決闘罪は法律で禁止されてるんだが」

「物理的なケンカなんてするわけないでしょ！　中間考査の成績、どっちが上かアタシと勝負しろってこと！」

「いや俺、試験も免除だし」

「誰がアンタと競いたがるか！　わかっててはぐらかしてるでしょ⁉」

「わかっててはぐらかしてるに決まってるだろ」

「ナメてんの？」

「胸倉つかんでケンカ売っておいて、友好的な返事をもらえるとでも思ってるのか？」

「ちっ……。いちいち遠回しな言い方してんじゃないわよ。イラつく」

渋谷の言いたいことなんて百も承知だ。

だがそれは本人不在のこの場で、俺が勝手に承諾することじゃない。

「大事なのは詩歌の意思。俺は何も決められねーよ」

「はあ？　マネージャーのアンタが、ぜんぶ意思決定してるんでしょ？　いまさら他人事みたいな顔するわけ？」

「まー、たしかに俺が引っ張ってるように見えることもあるかもしれないけどな」

ＳＮＳの管理。活動方針の決定。身の回りの世話。

ありとあらゆることを詩歌は俺任せにしているし、詩歌も兄である俺の決定に基本的には逆らったりしない。

だが、あくまで対等な兄妹関係。けっして主従関係なんかではないのだ。

「同意ナシに詩歌の道を選んだことはねえよ」

「……！」

渋谷はハッとしたような顔になった。何か思うところがあるのか、唇を強く嚙みしめて、肩をふるわせている。

狛江のように俺も怒鳴られるんだろうか。鼓膜を守るために耳をふさぐ心の準備をした。

そのときだった。

「いいよ。その勝負、受ける」

思いもよらぬ方向から声が聞こえた。

俺、渋谷、中目黒氏、誰もがとつぜんの声に驚いて、声のしたほうを振り返った。

色素の抜けた青白い髪が、外灯の白い光の中で煌めいた。まるでサイズの合っていないぶかぶかのシャツに、ショートパンツ。靴も履かずに裸足のままで、追いはぎに遭ったかのような姿だ。

池袋詩歌。家でぐっすり寝ているはずの俺の妹が、なぜかそこにいた。

「詩歌。おまえ……」

俺は茫然とつぶやいた。あまりにも予想外の光景すぎてうまく言葉にできなかった。

たぶん、この場にいる誰よりも。

きっと、俺以外の誰も。

今の俺と同じレベルの驚きを感じることはできないだろう。

詩歌が自分の意思で家を出た。――それがどれだけあり得ないことかを知っているのは、俺だけだから。

ここまで走ってきたのだろうか、詩歌の肩は軽く上下していて呼吸も荒い。

それでも詩歌はどうにか呼吸を整えて、言う。

「エリの歌声、もういっかい聴いてみたくてアプリをひらいた。ここで会うってやりとり、見つけた」

「だから、ここにきたのか。でも、勝負を受けるって本気か？　俺たちには何のメリットもないぞ」

「メリットとか、よくわかんない。でも――」

真夜中にも映える詩歌の目。金色の輝きを帯びるそれに魅入られるように硬直する渋谷へと――。

「エリに、気づいてほしいの。その歌声は本物じゃない、って」

詩歌は言った。

自分の頭で考えて、自分の気持ちに正直に、自分の口でそう言った。

かつて汚い感情のうずまく教室で苦しめられたせいで、他人との関係をいっさい絶って、孤独な創作活動に没頭して作品を発表することでしか社会とかかわる術を持たなかった詩歌が。

一歩を踏み出して、渋谷とコミュニケーションを取ろうとしている。

学校に通うようになったからこその成長か。

あるいは詩歌に、渋谷エリオに対してそれだけ熱心に伝えたいメッセージがあるのか。

――たぶん、両方だ。

詩歌の本当の目的はわからない。何を考えているのか、何を想(おも)っているのか。兄だから想像できることもあれば、凡人だからつかみきれない部分もあった。

ただ妹の思考を――天才の思考を、理解できなくとも、べつにどっちでもいいんだ。

詩歌がそうと決めたなら俺は全力で詩歌のやりたいようにやらせる。そこに理解も納得も必要ない。シスコンと笑いたければ笑うがいい。それこそが、俺のマネージャーとしてのスタンスなのだから。

「なっ……何を……アンタが、アタシの何を知ってるの‼」

渋谷が激怒して声を荒らげる。

俺から手を離し、噛みつかんばかりの勢いで詩歌に突進しようとした。

「お、落ち着いてエリオちゃん！」

中目黒氏があわてて羽交い締めにすることでそれを止めた。

「暴力はまずいです！」

「わかってるわよ！　でもコイツ、アタシのこと馬鹿にしたのよ⁉　アタシの努力をッ、積み上げてきたモノをッ、素知らぬ顔で奪おうとしてっ……！」

成人男性に羽交い締めにされてもなお、振り払いそうな勢いで暴れ、感情を爆発させる渋谷。

感情が高まりすぎたせいだろうか？　目の端が微かに濡れているように見えた。

「ムカつく、ムカつく、ウザい、悔しい、ムカつく！　絶対……思い知らせてやる‼」

「悔しい気持ちはわかります。ええ、わかりますとも」

「なら止めないでよ！　マネージャーだって知ってるでしょ、アタシがどれだけの覚悟でこの世界で戦ってるのか。弱肉強食の競争社会で、どれだけの時間と代償を払って、この歌声を手に入れたのか！」

「わかります。わかりますがっ」

「そんなアタシの歌声を、コイツ……気持ち悪いとかほざいたのよ⁉　許せるわけない。

ないでしょ！　ねえ‼」

「ですがここでキレたら負けです。エリオちゃんの努力は、正しい目を持ってる人たちにはきちんと届きますから！」

必死の形相で渋谷を止める中目黒氏。

デビュー予定の担当歌手が暴力事件で補導なんて、最悪の不祥事だ。マネージャーも、ただでは済まされない。会社から減給処分ならまだマシで、社内での渋谷への期待度次第では退職に追いやられる可能性だってあるのだ。そりゃあ必死にもなる。

荒れる渋谷に対して、詩歌は表情をピクリとも動かさずに言った。

「わたしが勝ったら、いちど、わたしのいうとおりの声で歌ってみて。その歌声のエリと、コラボ……してみたい」

「はあ⁉　ふざけんなよっ、ここまで言われてまだ寝ぼけてんの⁉」

「違う。わたしがそうしたいから。それと、エリも、そのほうがいいから」

「……ッ！」

渋谷の動きがピタリと止まった。眉はまだつりあがっているし、息も荒く、興奮状態のままではある。しかし大音量の激怒にも怯(ひる)むことなく、自分の想いをまっすぐ伝えてくる詩歌の姿が、渋谷の燃え盛る激情をわずかに冷ましたのかもしれない。

ギリ、とひときわ強く歯を噛んで、渋谷はようやく大きく息を吸って呼吸を落ち着けた。全身からもあきらかに力が抜けている。

「アタシの数字目当てってことね。わかりやすくていいじゃない。……もう大丈夫だから、離して」

「……はい」

落ち着いた声で渋谷が言うと、中目黒氏は警戒心を残したままゆっくりと拘束を解いた。

渋谷は乱れた服を整えながら、詩歌(しいか)に向かって。

「いいわ。アンタが勝ったら、コラボでも何でもしてあげる。ただしアタシが勝ったら、金輪際、乃輝亜の曲を歌わないで。アーカイブも消すこと」

「ん。わかった」

詩歌は迷うことなく承諾した。

狛江乃輝亜とのコラボは過去一番伸びたもので、10000人の登録者も彼をきっかけに流れてきた人間が多い。もしそのアーカイブが消されて、今後も狛江とのコラボがないとすれば変な噂(うわさ)が流れかねないし、勢いにも水を差すことになってしまう。

が、そうなったときのことはそのとき考えればいい。詩歌が勝負すると言ってる以上、どうせ取りやめる選択肢はないんだから。

「いい度胸してるじゃない。そのポーカーフェイス、ぐちゃぐちゃにしてやる」

詩歌にそう言い残し、渋谷は踵を返した。

公園の外へと歩いていく彼女の後ろを、中目黒氏もついていく。

入口に停めていた車に乗り込む直前、渋谷はふと忘れ物を思い出したように振り返って、挑戦的な目でこう言った。

「当日はハンカチを持ってくることね。審査員の前で大恥かかされて、泣かされてもいいように、ね」

それだけ言い残して、彼女は車の中に消えた。

中目黒氏もこちらに一礼してから運転席に乗り込み、エンジンをかける。

深夜の暗闇の中に消えていく車体を見送って、俺は軽くため息をついた。

「俺らも帰るか」

「うん。……くしゅんっ」

「夜中にそんな格好で外出るから……頼むから、風邪だけはひかないでくれよ」

「おんぶ。足、いたい」

「だったら最初から靴を履いてくれ」

あきれながらも俺はおとなしく背中を貸した。妹の、軽すぎる体重と体温のぬくもりを同時に感じる。

腰のあたりに突き出された、詩歌の素足。アスファルトの上を歩いて傷だらけになってしまったそれを見て、俺はすこしうれしくなった。

なぜならそれは、不器用ながらも自分自身で行動を起こした結果だから。

勝手に外出して、勝手に勝負（バトル）を受けて。

いままでだったらけっしてやろうとしなかったことを、やっている。

その事実だけで、泣きたくなるほどうれしかった。

第5話　全方向迷子カタログ

『大変大変大変。とんでもないことが起きたので緊急でカメラ回してるぜ！　いつも撮影に使ってる我が家に、やベー人が遊びにきてしまいました。みんなも知ってるあの子！　コメント欄でもコラボを待望されてたあの子が、ついにうちのチャンネルに登場してしまうことに！　いや〜、やっべえなコレ！　興奮してきた！』

スマホの画面の中でテンション高くしゃべっているのは、もはや見慣れた黒髪地味女、秋葉原麻奈(あきはばらまな)。

ほぼ毎日顔を合わせている女友達だが、配信だと普段とはまた違って見える。

それとも有名人とのコラボだからか？

『——と、いうわけで、今日は渋谷(しぶや)エリオさんにお越しいただきましたー！　ほらみんな拍手！　失礼ないように！』

『どーもー、渋谷エリオでーす。うわすっごい大勢いるね。人気配信じゃーん』

『いやいやうちなんて弱小……って、なにこの同接!?　いつもの十倍……いや、百倍か!?　おっ、ほほっ、おほぉ～！　これがエリオパワーかぁ～！　やべえ～！』

自分のチャンネル史上最高の視聴者数に、秋葉は興奮で真っ赤になっている。漫画的な表現だったら、目に￥マークが浮かんでいそうだ。

と、そんな映像を見ながら俺は、ニコニコ笑顔で目の前の――生身の秋葉原麻奈に話しかけた。

「楽しそうで何よりだなぁ。なあ、秋葉？」

「あ、あは、あはは……」

時は中間考査期間の真っただ中、平日の昼休み。場所は繚蘭高校の学生食堂。隅っこのほうの4人席を、俺、詩歌、秋葉の3人で贅沢に使っていた。

カロリー満点の焼肉ランチを注文していた秋葉だったが、皿の上を華々しく飾っていたカルビもロースもすっかり剝ぎ取られて、いまや俺と詩歌の皿に移されている。

食材で贖罪しようという、秋葉の見え透いた魂胆だ。

罪状はもちろん池袋家の最寄り駅を渋谷にバラした件について。

あえてすぐには怒らずにしばらく泳がせていたのだが、結局、渋谷とのコラボ当日まで秋葉は自首しなかった。そのため本日、満を持して責めさせていただくことにした。

※同時接続数、の意

「わ、悪かったってば。いいかげん許してくれよ。なっ？」

「まあ何事もなかったし過ぎたことはべつにいいよ。償えとも言わない」

「おおっ、それじゃあ──」

「ただ許しはしない。おまえを嫌いになったりはしないけど、それはそれとしておまえのやったことはアウトだ。その事実だけは、しっかり刻み込ませてもらう」

「うち……もしかして、いちばんタチの悪いやつに弱みを握らせちまったんじゃ……」

「何か言ったか？　駄目だよ、悪口は聞こえる声で言わなきゃ」

「押忍！　何でもないっス！　押忍！」

「返事が良すぎて逆に信用ならないけど……まあいっか。食べてよし」

「あざす！　いただきます！」

許可を出してやると、秋葉は犬じみた勢いで焼肉のたれがしみただけの米をがっついた。

まったくこいつは、とあきれながら俺も昼飯を再開する。謝罪の肉を口に入れると、舌に濃厚な甘みが拡がった。

「お、旨いなこれ」

「おにく……ひさしぶり……んま……！」

詩歌も目を輝かせて肉にかぶりついている。

思えば良い飯は久々だった。

5月に入ってから配信の数字も上がり、ある程度は稼げる目処が立ってきたとはいえ、次の入金日である月末はまだ遠い。実際にいくら振り込まれるのかを確認するまでは油断禁物。豪遊なんてもってのほかだ。

来月にはこの味が日常になることを祈りながら、俺は肉を噛みしめた。

「……ん？」

食事しながら秋葉と渋谷のコラボ配信を見ていた俺は、ふと気づいた。

コメント欄に妙なやつがいる。

『渋谷エリオは若さと顔で売ってるだけのクズ。技術はアマチュア以下。実力ないよ』

『偉い人の××（検閲）舐めてコネで大手からデビューするらしい』

『ライバルになりそうな子の配信を複アカで荒らしてるってマジ？』

何個かに分けて書き込んでいるが、ぜんぶ同じアカウントからのコメントだ。

「なあこれ、おかしくないか？」

俺は秋葉にスマホを向けて、コメント欄を見せた。

箸ではさんだ茶色の飯を口に放り込んで、秋葉は画面を見た。

「べつに？　よくあるアンチコメだろ、こんなん」

「ここ。『大手からデビュー』って、未公開情報だよな?」

「そりゃそうだけど、渋谷エリオの活動実績を考えたら、誰でも予想できることじゃね? MV(ミュージックビデオ)の出来がいいから、すでに大手のマネジメントが入ってるんじゃないかっていう噂はネットで流れてたし」

「そっか……」

「何が引っ掛かってるんだよ」

「いや、もしかしてこういうアンチコメント書いてるやつって、意外と身近にいるのかもなって」

「そりゃいるっしょ。てかうちも書いてたことあるぜ、アンチコメ」

「は?」

あまりにも堂々とした自白に思わず茫然(ぼうぜん)としてしまった。

悪びれた様子もなく秋葉は言う。

「中等部の頃にちょっとだけなー。当時いじめられてた子が作った曲を、自分の曲だって言い張って発表したいじめっ子がいてさ。気に食わなかったから、ネットでネチネチ粘着してやったよ」

武勇伝のようにけらけら笑う秋葉。しかし虚(むな)しくなったのか、ふっと無表情になって。

「教室で堂々といじめを止められない時点で、所詮は偽善っていうか。何の影響力もない自己満足だけどな。だからもうやってない」

「そっか……。盗賊を成敗する山賊って、ダークヒーローみたいだ」

「だから山賊扱いはやめろよぉ。便乗してるだけで、悪いことはしてないだろっ。意地悪言うなら肉返せ！」

「だめ」

皿をどけて、秋葉の伸ばした箸をあっさり避けた。

「ぐぬぬ……まっ、それはともかく、だ。競争の激しい業界と、教室っていう歪な箱庭。渋谷エリオを蹴落としたい連中は山ほどいるだろうし。教室で聞いた情報をもとにアンチコメントしてるやつなんて、絶対いる、と考えるほうが自然だよ」

「なーるほどねえ」

だとしたら、詩歌の配信にアンチコメントを書いた人間も近くにいるんだろうか？

誰がやっているのかは、どうせすぐにわかる。

そのときは粛々と、確実に、制裁してやる。そう決めていた。

「ところでさ、詩歌の中間考査は大丈夫なのか？　渋谷エリオと勝負するんだろ？」

とつぜん、秋葉が話題を変えた。

俺は答える。

「ああ、本番は明日だな」

「曲は何でいくんだ？」

「『歌ってみた』。……とあるネットの歌い手のオリジナル曲を、カバーする予定だ」

「マジか。せっかく狛江に提供された新曲もあるのに、それは使わないのか？」

「らしい」

「らしいって、なんだよ」

「仕方ないだろ。詩歌の希望なんだから。俺だって詩歌の考えはわかんねーよ」

言いながら隣の詩歌を見る。

「んま、んま」

幸せそうに口をもごもご動かして肉を食べている姿は、普段とまったく同じ。

だが、明日の中間考査は詩歌にとっても特別な日になるのは間違いないはずだ。

だって、彼女が明日、歌おうとしているのは。

ネットの歌い手――VSINGER〝シーカー〟の、最初のオリジナルソングだから。

自分の曲を自分で歌う。それはつまり正体バレのリスクさえ厭わないという意思表示で。

何が詩歌にそうさせるのかはわからないけれど、でも、本人がそう決めたのだから俺は黙ってその意思を尊重するだけだ。

＊

その日の夜。俺はいつものように『ＥＰＥＸ（イーペックス）』にログインし、フレンドのジークさんとＷＩＺＣＯＤＥ（ウィズコード）で通話しながら遊んでいた。

ランクの懸かった本気のモードではなく、適当に銃をぶっ放していればいい、お気楽なフリー対戦だった。雑談もよく弾む。

「そういえばガクガク殿、頼まれていた件、任務完了しましたぞ」

「本当ですか、ジークさん。すみません、お手間取らせちゃって」

「いえいえ、この程度。仮想敵国の国防情報を掠（かす）め取ることに比べたら朝飯前ですぞ」

「比較対象がおかしいような」

「ハッハッハ。で、一八（インバチ）ライブの迷惑コメントの発信元の特定でしたかな」

「ですです」

「ちとおもしろいことがわかりましてねぇ。いま、集めた情報をスマホに送りました」

「あざす」

片手でゲームを操作しながらもう片方の手でスマホをたぐり寄せる。

そこには詳細な調査レポートが記載されていた。

ジークさんとはゲームの中だけの友達。顔も本名も知らない。知っていることといえば、声が渋くてイケてるってことと、パソコン関係の仕事をしてるってことくらい。

そう、パソコン関係――つまり彼の本業は、ハッカー。善悪どちらかというとすこし悪に足を踏み入れているクラッカー寄りのハッカーである。

先日、詩歌の配信に悪質なコメントを残した人間を特定するために、俺はジークさんに仕事を依頼していた。

「コメントの書き込みに使われた端末の位置情報と……おおっ、その端末がどのSNSのどのアカウントと紐づいてるかまで網羅してある。すごっ、こんなのわかるんですね」

「今回の標的はずいぶん軽率でしたなぁ。簡単に追えましたぞ。拙者には、見つけてほしくて仕方ないように見えました」

「あはは、ジークさんなら誰が相手でもそうなるでしょ。……で、おもしろいことって？」

「そうそう、そうでした。その端末なんですが、どうやら同じ一八ライブの配信者の端末らしくてですな」

もったいぶった間をあけて、ジークさんは言う。

「渋谷エリオ、という、人気配信者の」

「……なるほどね」

その名前を聞いても驚きはしなかった。渋谷の詩歌に対する態度を見たら、彼女が裏のアカウントを使ってアンチコメントを書き込んでいたとしても不思議はない。むしろ納得の犯人だと思う。

「ところがどっこい、おもしろいのはここからですぞ。その渋谷エリオ殿――どうやら自分の配信や自分が他の配信者とコラボしているときの配信にも、悪質なアンチコメントを書き込んでいるのですよ」

「えっ？　……って、ああ⁉　しまった！」

驚きで思考が固まった瞬間、スナイパーライフルで脳天を撃ち抜かれていた。やべえ、まだ序盤なのに死んじゃった。

「こらこら、よそ見は厳禁ですぞ～」

「すみません……」

謝りながらも頭の中では思考が走り続けていた。

渋谷エリオの端末で、渋谷エリオの裏アカウントが、渋谷エリオのアンチコメントを書いている——。

いったいなぜ？　何の意味があって？

詩歌のアンチをするのはわかる。理由なんて、嫉妬、怒り、ライバル潰し、いくらでも想像できる。

けれど渋谷エリオ本人のアンチをする理由なんか何もないはずだ。もしかしたらアンチに狙われている自分可哀想、みんな守って、と呼びかけてコアファンの結束を固める……みたいな小細工も可能かもしれないけれど。

渋谷エリオはいちいちアンチに応対しておらず、完全無視の姿勢を貫いている。ジークさんの情報を見ても、匿名で自作自演の対立をくり広げている様子もない。渋谷の狙いは浮かび上がるどころか、滲んでさえもこなかった。

「ジークさんにもわかりませんか？　渋谷がなんでこんなことしてるのか」

「皆目見当つきませせぬ」

「そうですか……」

「思春期の女子の闇は、我々には理解不能ってことですかなぁ」

しみじみと言うジークさん。裏では派手な銃声が響いている。

どこか牧歌的なのがおかしくて、笑いそうになった。

　ふいに、ジークさんが言う。

「ところでガクガク殿。調査の過程で気づいたのですが」

「なんですか？」

「調べろと仰られた一八ライブの配信者。池袋詩歌殿、でしたかな。この子の歌声、我らが歌姫〝シーカー〟とそっくりクリソツでは？」

「気のせいです」

　即答した。

　もちろんそこに気づかれるリスクは承知の上だった。しかしゲームと通話を通して、彼の人間性はよく知っている。

「ふーむ。まあいいでしょう。何かワケアリのようですし、詮索するのは野暮ですな」

「……助かります」

　ジークさんが本気を出せば、どうせ俺と詩歌のことなんて丸裸だ。

　だけど彼は、自分の好奇心を満たすためだけに友情を破壊するタイプの人間じゃない。

　善人だから？　──違う、逆だ。

　望めば瞬時にあらゆる好奇心を満たせるほどの悪人だからこそ、いまさら些細な好奇心で身を滅ぼすほど飢えてないのだ。いつでも恋人を作れるモテ男は、恋愛にがっつかなくなるように。いつでも情報を盗めるやつは、目先の情報にがっつかない。

俺はただひとつの約束だけ守っていればいい。

ジークさんを絶対に敵に回さないこと。これさえ破らなければ、彼の災いは俺たち兄妹には降りかからないのだから。

＊

中間考査当日。

その日は朝から皮肉じみた曇り空だった。雨が降る前から制服が湿り気を帯びて感じられ、足取りも自然と重くなる。周りを歩く生徒も同じに見えるのは穿ちすぎだろうか。

午前9時50分。本日の考査、第2部のコマがもうすぐ始まろうという時刻。

入学式でも使用した大講堂には、大勢の生徒たちが集まっていた。

同じ時間帯に試験を受けるのは、わずか10名。しかし生徒であれば誰もが見学を許されているため、1年生から3年生まで大勢の人間が詰めかけている。

他の生徒の試験を見て学ぼうとする真面目な生徒が多い……というわけでは、もちろんない。

べつの日程ではここまで注目を浴びる試験はなかった。

今日の試験が特別に人を集めてしまう理由は、主にふたつ。

ひとつは、渋谷エリオと池袋詩歌——ミュージシャン学科で話題の天才ふたりが、同時に試験を受けるから。『ボーカル基礎』の授業で起きた諍いは、生徒たちの間で噂になり、いまや全校で話題になっていた。その場で点数が出されて、ふたりの格付けが済まされるとなれば、大勢の関心を惹きつけて当然だろう。

もうひとつは、審査員の人気である。

大講堂のステージ正面、最前列の席に座る、3人の審査員。その顔ぶれは日によって異なるが、今日はとりわけ若者に人気のある面子が集まっているらしい。

「ガハハハ！　視線がすごかね。やっぱりワシが人気やけん仕方なかよな！」

豪快に笑いながら落花生を殻ごとバリリと噛み砕いてみせたのは、やたら濃い顔をした熊のような大男。名前は大牟田東洋。

シャウトとデスボイスで有名なロックバンドのギター兼ボーカルとして名を馳せた伝説級のアーティストで、便所サンダルを常に装備した姿に親しみを感じたファンの間からは、『そのへんのおっさんLV100』と呼ばれている。

「うふ、ポジティブっていいわねぇ。あたしにも分けてほしいわぁ。……はあ、不幸不幸。

いつになったら幸せになれるのかしら」

隣で頬杖（ほおづえ）をついてため息をついているのは、憂いを帯びた影のある表情と大胆に胸元をあけた衣装がセクシーな熟れた雰囲気の美女。名前は海老名浜子（えびなはまこ）。

ジャズ・バイオリニストとして世界で評価される大物で、年々人口が減りつつある日本のジャズ・バイオリン界の救世主（ジャンヌダルク）だと期待を集めている。しかし彼女は自己肯定感が低いことでも有名で、メンタルの限界を迎えたある日「何がジャンヌだ、あたしを救えよ！」という名言を残した。

「ああ、うん。たぶん、ここにいる子たちの目的は、あたしたちじゃなくて……釧路（くしろ）クン、じゃないかしらね？」

「ムム！　そげんことは……ある！　悔しかばってん、いまばときめくアイドルやけんね。釧路くんには勝てんばい」

「あはは……おふたりとも大げさですよ。僕なんてまだまだこれからなので」

スマートに受け答えて白磁のカップに口をつけたのは、セミロングの白髪と左手だけに黒い手袋をはめた優しげなイケメン。名前は釧路怜悧（れいり）。

年齢こそ他の審査員ふたりと比べたら若いものの、その経歴を見れば隣に並ぶに値するのはあきらかだ。七歳の頃から子役として活動し、十三歳で超大手事務所の男性アイドルユニットのボーカルとして開花。二十三のときに十周年記念ライブでユニット解散と独立を発表し、二十七歳の現在まで個人事務所で活動している。音楽活動では圧倒的なダンスとボーカルでファンを魅了し、タレント活動ではドラマ、映画、ＣＭ出演を数多くこなし、ＷＡＹＴＵＢＥ（ウェイチューブ）の登録者は１０００万人超え。海を越えて、東南アジアや北米のファンも獲得しつつある、現役のスーパースターだ。

これで性格もいいとか最強にも程がある。せめて重度の水虫に悩まされててくれ、足くらいは臭くあってくれ、と嫉妬の念を送る男も多いと聞く。気持ちはわかる。

と、こんな顔ぶれなのである。

スーパースターをひと目見ようと、生徒たちが大講堂に集まってくるのも無理からぬ話だった。

大物からの視線に緊張しているのか、試験を受ける生徒たちもどこかそわそわしている。

そんな中、落ち着いた様子を見せているのはわずかふたり。

ひとりは渋谷エリオ。

審査員の顔など見向きもせず、ヘッドフォンで音を確認しながらスマホを見つめていた。

本番前に段取りと歌詞を確認しているんだろう。

表情は真剣そのもの。正しい緊張感で事に臨んでいる証拠だった。

そして、もうひとり。俺の妹、池袋詩歌。

「兄(あに)、たいへん」

「どうした、詩歌。緊張してるのか?」

「さっき見つけたナメクジ、ぐったりしてる」

「本番が始まる前にこっちに渡しなさい。元の場所に返しておくから」

詩歌の手からナメクジのくっついた葉っぱを奪う。

雨の気配に釣られて表に出てきたら人間に拾われ、想定外の環境である大講堂に連れてこられたのだ。そりゃあぐったりもするだろう。

それにしても外でナメクジを見つけて拾って愛(め)でるとは、我が妹ながら恐れ入る。

大事な試験。大事な勝負の前。

緊張からの腹痛でトイレに駆け込んでも誰も責めないシチュエーションだというのに、マイペースなことこの上ない。

(まあ、詩歌が緊張するわけないいんだよなぁ)

何せ、テレビやＷＡＹＴＵＢＥの有名人なんて、ひとりも知らないいんだから。

どれだけ有名人でも、その存在を知らない人からすればただの人だ。

詩歌の視聴しているＷＡＹＴＵＢＥ動画といえば動物のおもしろシーンをまとめた動画

や、ひたすら自然界の神秘を紹介するたぐいのドキュメント動画。哲学の図解や物理演算を3Dで再現する動画といった、人間のにおいを感じにくいものばかりだ。

ふつうの歌い手ならインプット不足に陥って、音楽の表現力が落ちかねないところだが。生まれてからずっと、いろいろな音と否応（いやおう）なく向き合い続けるしかなかった詩歌には、コンテンツとの距離感はそれくらいでちょうどいい。

そのとき、チャイムが鳴り響いた。大講堂の明かりが明度を落としていく。映画の上映前のような張り詰めた空気が拡がり、どこか浮（うわ）ついていた観衆も水を打ったように静まり返った。

「時間だな。ひとりで行けるか？」

「ん。いってきま」

「おう。いってら」

短く挨拶（あいさつ）をかわすと、詩歌は椅子からぴょこんと立ちあがり、ステージへと歩いていく。

観客席に残されたのは俺とナメクジ。そして――。

「いよいよだな」

「おまえは渋谷を応援してるんだろ？　最高のコラボ相手、だもんなァ？」

「だから許してくれってばぁ……。詩歌を応援してるに決まってるだろ」

「信用できないなぁ」

「詩歌は友達！　渋谷エリオはビジネスパートナー！　どっちも大事だけど、どっちかをトロッコで轢けって言われたら迷わず渋谷エリオを選ぶぜ！」

「それはそれでどうなんだ……？」

隣には、裏切りコラボの件をほじくるとおもしろい反応をしてくれる秋葉原麻奈。

更に彼女の隣には、もうひとり。今回の件を見守るキーパーソンがいた。

「おまえはどっちを応援してるんだ？　——狛江」

「楽斗さ、意地が悪い、って言われない？」

「気にしない」

「言われはするんだな。まったく、いい性格してるよ」

あきれたように苦笑するのは赤毛のイケメン、狛江乃輝亜。詩歌と渋谷の諍いの発端になっているであろう男だった。

狛江の曲提供を止めさせるかどうかでふたりの女子が争うなんて、罪な野郎である。これが詩歌をからめた色恋沙汰の修羅場だったら、兄として無慈悲な粛清ナックルを食らわせているところだが、クリエイティブの話なのでまだ情状酌量の余地があった。

命拾いしたな、色男。

「オレは正直、複雑な気分だよ。詩歌ちゃんには曲を出し続けたいし、勝ってほしい」

「だろうな」

「けど、エリオちゃんが負けた後のことを想像すると、ちょっとね」

「負けた後？　べつに、詩歌とコラボするだけだぞ」

「それで済めばいいけど……」

狛江は含みのある言い方をして、軽くうつむいた。周囲を見回してから、ふたたび俺のほうを見て声をひそめる。

「衆人環視の中で敗北したら彼女のブランドに傷がつく。これまで築き上げてきた、学年で一番の実力者っていう勲章が剝奪されるんだ」

「そりゃそうだ」

「女王の座から転落した女を、周りのやつはどう扱うと思う？」

「さあね。あいにく女の子コミュニティには疎いもんで。あの取り巻きたちなら身内同士、仲良しこよしで励まし合うんじゃねーの」

「だとしたら、いいんだけどな……。あの子らもさ、腐っても繚蘭高校の生徒なんだよね。金魚のフンをやれるような子でもさ、一般人と比較したら死ぬほどプライドの高いやつらなんだよ」

「実は渋谷を疎んでるってことか？　負け犬になった渋谷に追い打ちをかける、と？」

「その可能性が高い」

狛江はかぶせるように言いきった。

「もちろん表向きは友好的な顔を保つだろうな。けど、優しく励ますフリして痛いところを突いたり、悪口を言われている確信を持てないものの何だかモヤる、ぐらいの遠回しな嫌味をじわじわと重ねられる。……そして、なぜか同じタイミングで、アンチコメントが加速する」

「ずいぶん断言するけど、何か証拠でもあるのか？」

「ないよ。ただオレは知ってるだけ。——この学校の女なんて、そんなモンだってね」

狛江は冷たい声で言い放った。

女好きのナンパ男。そう見えていた仮面が剝がれて、内側の生々しい部分が垣間見えた。

狛江について、ひとつの疑問が解消された気がする。

イケメンのナンパ男で女性経験豊富そうに見えるのに、詩歌に対しての反応があまりにも初心に感じていた。もしかして狛江は、意外と恋愛経験は多くないのではなかろうか。

芸能人を目指して自分を磨き、他人と競争し、大勢の女の子の意識を惹きつけたことで。見たくもないドロドロしたものまで見えるようになってしまったんじゃないだろうか。

彼が詩歌に惹かれているのも、恋愛的な意味ではなくて。他の女子とは違う透明さに、憧れのようなものを抱いただけなのかもしれない。

狛江自身も無自覚なんだろうけど、本当の意味で彼が恋しているとすれば、それは――。

「エリオちゃんはさ、馬鹿なんだよ」

「本人に聞かれたら、またブチギレられるぞ？」

「だって、そうとしか言えないだろ。周りの女どもを、友達だって勘違いしてさ。自分の実力と実績を得意気にひけらかしてるんだ。一緒に喜んでくれる仲間だと、素直に信じてるんだよ」

「そこまでお花畑じゃないだろ、さすがに」

「見ろよ、あれ。ステージをスマホで撮影してる子、いるだろ」

「ああ……教室で見る顔だな。渋谷の取り巻きのひとりだ」

「あのスマホ、エリオちゃんのだぜ」

「え？」

「あいつ、平気で友達にスマホ貸すんだよ。ダンスレッスン中の映像記録を残すときとか、映えるスポットで写真撮るときとか、お洒落なカフェに行ったときとか。平気でスマホを貸して撮影させるんだ。今回も中間考査の晴れ舞台を記録しといてくれ、とでも頼んでるんだろうな」

「なんでわざわざ？　撮ってもらうだけなら、友達のスマホでもいいだろうに」

「エリオちゃんのスマホ、高性能のカメラを搭載してる機種でさ。いちばん稼いでるから、そういうのも買えちゃうんだよね。……で、いちばん綺麗に撮れるからって、それで」

「だからって簡単に貸すのか……。いまどき、スマホなんて財布以上にプライバシーの塊だってのに」

「そ。だから馬鹿なんだよ、エリオちゃんは」

狛江の哀れむような眼差しがステージの上に向く。ステージ上の10の椅子。そのひとつに座って自分の番を待つ、渋谷エリオへと。

「馬鹿正直に周りを信用して、馬鹿正直に突き進んでるだけのイノシシだ。先頭を走っていられるうちはいい。でも、もし壁にぶつかって倒れたら……あっという間に、ハイエナたちの餌になるだろうね」

「……ふーん、なるほどねー」

「悪い。楽斗には関係ない話だったよな。エリオちゃんにはさんざん敵視されてきたんだ。いまさら同情しろとは言わないさ」

「まあ、渋谷の本性とかクソほども興味ないし、どうでもいいかなー」

「だよな。いまの話は忘れてくれ」

「どうでも良すぎて、恨んですらいないけどな」

「え？」

狛江が意味を図りかねているように瞬きした。

俺はハッキリ言う。

「詩歌の敵なら許さないし、味方だったらめっちゃＬＯＶＥ。どっちでもないってんなら、どうでもいい。俺の基準って、それだけなんだわ」

「楽斗……」

詩歌へのアンチコメントが渋谷のスマホ端末から書き込まれてると知って、俺の渋谷への好感度は地の底に落ちていたわけだが。狛江の証言で、べつの可能性が生まれてきた。

取り巻きの女の誰かが、渋谷のスマホでアンチコメントを打っている可能性が。

だとしたらまだ明確に敵認定をするのは待ってみてもいいかもしれないと思った。

少なくとも、真実を突き止めるまでは。

もちろん、この中間考査の勝負は詩歌に勝ってもらうけど。

「まっ、どうせ泣いても笑っても結果は出るんだ。おとなしく見守ってようぜ」

「フ、フフッ、たしかにな。楽斗の言うとおりだ」

狛江はすこしリラックスした表情になって、前方に向き直った。

俺も居住まいを正す。

——さあ、見せてもらおうか。ふたりの天才の本気ってやつを。

と、盛り上がっているところで。

隣の秋葉がコホンとわざとらしい咳払いとともにつっこみをいれてきた。

「うちという女子を挟んでおきながら完全無視で親睦を深める男子ふたり……なにこれ」

「あ、そうだ秋葉。このナメクジ、外に捨ててきて」

「うちの扱い、どんどん雑になってないか?」

正直、なってる。

まあ、これも信用と信頼の証ってことで。

＊

「いまいちピリっとせんね。小手先んテクニックに頼りすぎや。もっと体幹ば鍛えたほうがよかぞ。今回は60点あげるけん今後も頑張りんしゃい」

「あ、ありがとうございます。大牟田先生!」

ダンス&ボーカルのパフォーマンスを披露して壇上から降りた女子学生は、審査員から評価のカードを受け取ると深々と頭を下げて去っていく。

中間考査を生で見たのは初めてなので、俺はいまになりようやく試験の仕組みを知った。生徒は自分の出番が来たら壇上で自らの実力をアピールする。方法は問わない。楽器が必要な場合は持ち込みも認められているし、講堂内に待機している音響スタッフに事前に申請しておけば音源も流せる。スクリーンを下ろして動画ファイルやプレゼン資料を表示させることもできるらしい。

発表が終わったら壇上から降りて、審査員席の前へ。そこで審査員の口から印象を直接聞きながら、点数の記載されたカードを受け取って退室する。

点数は、審査員ひとりにつき100点、つまり3人で300点をトップの基準にしているようだが、けっして満点というわけではなさそうだ。ひとりだけジャズ・バイオリニストの海老名(えびな)から115点をもらっていた。

つまり、実力の差がハッキリ出れば、300点満点同士の同点にはなり得ないってことだ。

詩歌と渋谷の上下が、優劣が、確定してしまうのだ。

大勢が注目する中、そんなプレッシャーを微塵(みじん)も感じさせず、ひとりの女子がステージ中央に歩み出た。

——渋谷エリオだ。

素質ある者はただそこにいるだけで人を惹きつけてしまうのだろうか。ステージに立つ彼女の姿はこれまでのどの生徒と比べても別格だった。スタンドマイクの高さを調整し、声の調子を整えているだけでも信じられないほど絵になる。

ファッションか、立ち居振る舞いか、どこにそうさせる要素があるのかはわからない。ただ存在するだけなのに暴力的なまでの吸引力で視線を吸い寄せてしまうその様は、竜巻のような自然災害に似ていた。

灰色に染めた髪とピンクブロンドのインナーカラー。ピアス、チョーカー、全身を飾るすべてのアイコンが、見る者すべてを「ああ彼女は自分とはちがう。超常の存在なんだ」とひれ伏せさせる。

見られる立場である、ということを、ここまで意識した生徒は他にいなかった。

俺は、確信した。

VSINGER(バーチャルシンガー)〝シーカー〟という存在を詩歌とともに世に送り出し、曲がりなりにも大勢に見られることを意識した人間だから確信できた。

渋谷エリオは、顔さえよければいいと信じている。

文字どおりの意味なんかじゃない。

渋谷エリオは、渋谷エリオというキャラクターを完璧に演じていて。

渋谷エリオという〝顔〟を、大切にしているってことだ。

看板、と言い換えてもいいかもしれない。

緊張――しているだろう。彼女にとっては大事なものを懸けた勝負なのだから。

浮ついた気持ち――あるだろう。自分が目指す世界で一流の結果を残した先輩を尊敬し、憧れを抱くのは当然の感情なのだから。

不安――まみれているだろう。どんなトラブルが発生するかわからないステージ、自分が積み上げてきたモノが理不尽に崩れ去る可能性はゼロではないのだから。

それらの感情はたしかに彼女の中にあるはずだ。

そして、彼女は、そんな感情があってもいいとさえ思っている。

顔さえよければいい――創りあげた渋谷エリオという存在が保たれたまま、歌を聴いてもらえればそれでいい。

究極まで突き詰めた割り切りと、キャラクターへの愛着があるからこそ、あの圧倒的な存在感を放てるのだ。

「それでは、始めてください」

「はい。――ミュージック、お願いします」

講堂内に音楽が流れ始め、渋谷が頭を振ってリズムを取り、そして。

音の暴風が、吹き荒れた。

独特の低音のイントロから始まり、一気に高い音まで引き上げられる。激しいギターとドラムの音に合わせ、高低強弱を自在に使い分けた歌声が講堂内を蹂躙（じゅうりん）した。

聴いているだけで音の圧力に体が震え、軽運動をしているときのように汗が噴き出てしまう。

「うおぉ⁉　骨ん髄までビリビリくるばい！」

「突き殺されるような音……嗚呼（ああ）、この刺激……癖になっちゃうわぁ」

「なるほど、これはなかなか……」

3人の審査員も別格の歌声に圧倒されている。さまざまな思惑を胸に大講堂に集まった生徒たちも、邪念雑念のいっさいを吹き飛ばされて、聴き惚（ほ）れるしかなかった。

地声（チェストボイス）、裏声（ファルセット）、ミックス、ホイッスルボイス。すべてを縦横無尽に使い分ける。

6オクターブの声を武器に、高難易度のアップテンポなジャパニーズロックを歌う姿は、赤兎馬を駆り敵の武将を千切っては投げての大立ち回りで戦場を制圧した三国志の呂布が如し。

渋谷エリオの歌唱技術の結晶が、たしかにここに在った。

最後までぶれることなく歌い切り、音がピタリと途切れると、胸のうちに一種の不安のようなものが芽生えさえした。それはきっと俺だけでなく、この場のあらゆる人間に同時に起きた現象だろう。

あまりにも爆音と静寂のギャップが大きすぎて、音が消えた事実に対し欠落感を覚えてしまうのだ。

遅れて、大雨のような拍手が巻き起こる。

たったの5分かそこらで中毒症状さえ引き起こし、聴く者を依存症にしかねない実力。

これがプロレベル。これが一流。

己の実力を証明した渋谷エリオは、大粒の汗を流した顔でニッと得意気に笑うと、順番を待つ詩歌に勝ち気な目を向けた。

──どうよ。これでもまだ、生意気なこと言ってられんの？

そんなメッセージが込められた視線に見えた。

「感動した！　素晴らしか！　お前がナンバーワンばい！　１２０点！」

ステージから降りてきた渋谷を、大牟田東洋氏が落花生を殻ごと噛み砕きながら迎えた。

「情熱的な歌声、素敵ねえ。……あたしにも、あなたみたいな華があれば、幸せになれるのかしら……130点」

「ありがとうございます」

海老名浜子氏もうっとりした顔で渋谷の実力を称えた。

渋谷は自信たっぷりな表情で頭を下げて、審査員からそれぞれ評価カードを受け取る。

その中の1枚に目を留めて、渋谷はピクリと肩をふるわせた。

「あ、あの、釧路先生」

「はい、どうぞ」

手袋をつけた左手をひらりと舞わせて、釧路怜悧氏はにこやかに微笑んだ。

渋谷は相手の顔色をうかがうような目で言う。

「90点、ということですが」

「なにか問題かな？　僕が今日つけた点数の中では一番上だし、君の実力はしっかり評価しているつもりだよ。他のふたりは簡単に100点以上を出すけれど、僕のスタンスでね。すこしでもマイナスを感じたら減点するんだ。ごめんね」

「どのあたりが足りなかったか、アドバイスをいただけるでしょうか？」

「言わない。聞かないほうがいいと思うから」

「え？」

「僕の意見を聞いて、変に自分を曲げるほうがリスクが高そうでね。いまのままで実力はじゅうぶんあるよ。プロとしてもやっていける。それでいいじゃない」

「は、はあ……。わかりました。そう仰るなら……」

まだ何か言いたげではあるが、渋谷は引き下がった。

渋谷は講堂からは出て行かず、壁際に背中を預けてステージの上に目を向ける。勝負の結果を確かめるためにも、詩歌の試験から目を離さないつもりらしい。

大牟田東洋120点、海老名浜子130点、釧路怜悧90点。合計、340点。それが渋谷エリオの点数だ。

さあ、詩歌は。この圧倒的な結果を超えられるのか？

誰かが息を呑む音が聞こえた。渋谷にかき乱された胸は優れた音楽への期待に高鳴る。否応なく次に歌う詩歌への期待のハードルが上がってしまう。

もっとくれ、もっと脳を熔かしてくれ。音の快楽にとらわれ、依存症に陥った人たちの、ねっとりした視線が詩歌に注がれた。

しかし——。

「なんだあれ、素人か？」

「だらしない服。それに前髪が長すぎて、顔も見えないし。みっともなさすぎ」

「渋谷エリオの後だからかな、微妙じゃね？」

周りの生徒たちから失望の声があがり始め、燻された負の空気は、輪唱するように講堂内に拡がっていく。

当然だ。ステージの上に立っただけで別格のオーラを放っていた渋谷と比べて、詩歌の姿は、制服のまま寝落ちして目覚めたばかりの、ただの女子高生にしか見えない。

だぼっとした制服の着こなしも、寝癖っぽく跳ねた髪も。

ただの純粋な池袋詩歌でしかない。

いかに詩歌がネット上で評価されたＶＳＩＮＧＥＲといえど、生身でのステージ映えは皆無だ。経験も積んでいないし、池袋詩歌という〝顔〟をステージの上でどう魅せるのかなんて考えたことすらない。

渋谷エリオのレベルには、到底届くはずもなかった。

審査員たちの表情もどこかフラットに見える。渋谷を見つめていたときの期待感など、彼らの目には欠片も浮かんでいなかった。

「それでは、始めてください」

「ん……。音楽、よろ」

そう言って、詩歌が片手を軽く振って合図をした。

曲が、講堂内に流れ始める。詩歌が、小さく口をあける。

そして。

この場にいる全員の——。

そう、審査員も、渋谷エリオすら含めて全員の——。

目に映る風景を、塗り替えた。

＊

「お、おい、楽斗。この曲って、どこかのネット歌い手の曲なんだよな？」

ぽかんと口をあけた秋葉が、困惑したようにそう訊いた。

「ああ、そうだよ」

「でも、それにしては、なんていうか。うまく言えないんだけどさ。こう……」

「詩歌のために作られてる気がする？」

「それだ！　そうそれ！　何言ってるかわからないと思うけど、絵が見えるんだよ。こう、曲が背景だとしたらさ、詩歌はそこに描かれてる女の子っていうか。詩歌のボーカルが、この曲には絶対に欠かせない、みたいな。それくらい、しっくりハマってるっていうか」

「感受性豊かだなぁ」

ごまかすためにそう言ってのけたが、実際のところ秋葉の勘は当たっている。

詩歌の——正確にはＶＳＩＮＧＥＲ（バーチャルシンガー）〝シーカー〟のために作られた曲なのだから、当然だ。

しかも、それだけじゃない。

このオリジナル曲は、作曲家（コンポーザー）に提供してもらった曲ではなく。

詩歌本人の、作品なんだ。

池袋詩歌という女の子が学校に行かないと決めた日から、一週間。ただの一度たりとも部屋から出ずに、薄暗い部屋の片隅で作り上げた曲。詞も、曲も、歌唱も、すべてを自分ひとりで作り上げたデビュー曲。

『全方向迷子カタログ』

詩歌は、音の中に〝色〟を視る。

そして、曲の中に〝絵〟を視る。

それはつまり、詩歌自身が、絵を描くように音を作れるということ。

だったらどうして〝シーカー〟は『歌ってみた』ばかりで活動し、オリジナル曲の数を増やさないのか。稼ぎにくい曲ではなく、自らのオリジナル曲をたくさん発表すればいいのに。――と、そう思われるかもしれない。

答えは簡単だ。詩歌にとっての作曲、作詞は、心の奥深くに閉じ込めた記憶と感情の箱を開ける行為。

綺麗なものも汚いものも、善いものも悪いものも、区別なんてせず、ぜんぶまとめて直視しなければならない――荊の拷問。

一音ごとに精神を消耗し、一フレーズごとに苦痛に耐え、一曲作り上げる頃には心も体も燃え尽きて抜け殻のようになってしまう。

『全方向迷子カタログ』を完成させた直後なんかは2週間ぐらい情緒不安定が続いた。とつぜん泣き出したり、苦しみ出したり、体に悪い食べ物をやたらと食べたがったりと、無意味に自己破壊へ向かおうとする詩歌をどうにかなだめて元に戻したもんだ。

音楽は、社会とうまく交われない詩歌にできる、最高の自己表現であると同時に、彼女を壊してしまいかねない猛毒だ。だから〝シーカー〟のオリジナル曲は少ない。基本的に『歌ってみた』のみで活動しているのは、それくらいがちょうどいい距離の取り方だからだ。

もちろん詩歌自身の気持ちの昂ぶりが止まらず、曲を作りたくなるときはくる。そんなときは詩歌の体調を観察しながら、俺も完璧にフォローできる理想的なタイミングで針の穴を通して作るしかない。

しかし、そんな厄介な代償と引き換えに。

文字どおり生命を削って創りだされた詩歌の曲には、神秘の域に達するほどの〝魔力〟が宿る。

「――――――」

「…………」

審査員の面々も、生徒たちも、誰もが詩歌の展開する世界に魅入られていた。

最初は侮っていた詩歌の、気の抜けた、華のない姿でさえ芸術を構成する要素のひとつにしか見えなくなっているはずだ。

それはそうだろう、池袋詩歌という生命から搾られた成分だけで創られた、池袋詩歌を表現する曲なのだから。

ありのまま、そのままの詩歌の姿こそが、この曲にふさわしい〝顔〟なんだ。

渋谷エリオが魅せたような強引に振り回すようなパワーは、詩歌の歌にはない。

だが、心象風景を描き換える詩歌の歌は、誰もが曲に込められた物語を己の記憶と錯覚する。

人が最も心を動かされるのは、自分自身と重ね合わせた物語だ。

どんな美しい音楽も、どんな見事な絵画も。己の心と一本の糸で繋がっていない作品は、どこか上の空で鑑賞することになる。歴史的価値が高く評価されている古典芸術でさえ、その分野の歴史や文脈を知らない一般人からすれば「へー、綺麗ですね」と適当な感想を投げておしまいだ。1秒後には「で、メシどうする？」とべつの会話をしている。

だからこそ常に時代に寄り添った作品が、その時代の人々に評価されるのだ。

ゆえに、詩歌の歌は。

　　感動を、呼び起こす。

ハッと意識を取り戻したとき、気づけば俺は拍手をしていた。周りの人間と同じように。

万雷の拍手の音。詩歌には、この講堂にどんな色が満ちて視えているんだろうか。

マイクから離れた詩歌は、しばらくぼーっと観客席を見渡していた。

黄金色に輝く瞳が大きくふくらんで、白い頰はかすかに赤みを帯びている。

音楽を始めてから初めての舞台上。生の観客を前にした、ライブ。

本当の客に向けた本番ではなく、あくまでも同じ繚蘭(りょうらん)高校の生徒や教員、ゲスト審査員に見られているだけの内輪の舞台。けれど注がれる視線の数も拍手の数も、その規模は、本格的なライブに勝るとも劣らないものだ。

なるべく多くのものを見ないように生きてきた詩歌でさえ、何かその胸に刺さるものがあったんじゃなかろうか。

しばらく茫然(ぼうぜん)と立ち尽くしたあと、詩歌は「あ……」と気づいたように声を漏らして、あわてて、ぴょこんと頭を下げた。

転びそうになりながら壇上から降りて、審査員席の前へと歩いていく。

そして、審査員たちから評価カードを受け取った。

「素晴らしかったわ……！　これ、あなたが書いた曲でしょう？　そうでないならこんな表現は不可能よ。不幸な人生だと思っていたけれど、あたしも生きていかなくちゃ……。音楽を聴いてそんなふうに思えたの、初めてかもしれない……。１５０点。今回の考査で最高の点数は、あなたにこそふさわしいわ」

「ガハハハ！　浜子さんは甘かねぇ！　ワシはもうすこし刺激が欲しかったけん、点数は低めばい。ばってん、95点はあげるばい！」

俺は、マジか、と焦った。

大牟田東洋95点、海老名浜子150点。この時点で245点。このふたりの合計点は渋谷のほうが上だ。

大牟田氏の点数が予想外に低かった。詩歌の能力や才能は認めていそうだが、おそらく他の人間よりも共感ポイントが少なかったのだろう。ある意味これは相性というか、詩歌の弱点でもある。強引に心象風景を描き換えるといっても限界はある。繊細な感情で揺さぶれないタイプの相手からは高い評価を引っ張れない。

逆に海老名氏のような繊細な感性に惹きつけられるタイプの人からは高く評価されやすいから、そこはトレードオフってやつだ。

さて、残るは釧路氏。

クールな微笑の裏で詩歌の歌をどう評価するのか。

俺は固唾を呑んで見守る。

白磁のカップに口をつけ、喉を潤わせてから、釧路氏は口をひらいた。

「多くは語らないよ。君は歌うべくして、この歌を歌っている。――100点だ」

おおおお、と、観衆が沸いた。

大牟田東洋95点、海老名浜子150点、釧路怜悧100点。合計、345点。

つまり、合計340点の渋谷エリオとの勝負は。

「やったぞ、楽斗！　詩歌の勝ちだ！」

「いぃぃぃぃぃぃぃぃぃぃよっしゃあ！」

俺と秋葉はパシーン！　とハイタッチを決めた。

時間がなくて外に返してくるのを忘れてたナメクジも、触角をニョキニョキさせてうれしそうだった。知らんけど。

「ニュース配信が回るぜぇ～！　楽斗、詩歌の勝利者インタビュー撮っていいよな⁉」

「案件なら1件100万からな」

「高ッ！　さっそく大物配信者ヅラしやがって！」

「ふははは。何せ学年1位、だからな。女王詩歌の誕生だ。ひれ伏せ愚民ども。わはは」

「な、なんでおまえが調子乗ってんだよ……。てかおまえ、トップだからってイキったら足元すくわれるって話をしてただろう……」

「詩歌は調子に乗らないからセーフ。ヘイトが俺に向くぶんにはぜんぜん余裕。アンチも嫉妬もどんとこいや。働かずに稼げるなら痛くも痒くもないな！　はーっはっはっは！」

「こ、この男、クズすぎる……」

秋葉のじと目にも悪口にもびくともしない。いまの俺は無敵だった。

と、そのとき。秋葉の向こう側に狛江の横顔が見えた。

「エリオちゃん……」

心配そうな狛江の視線。その先には床に膝をついて、うなだれている渋谷の姿があった。

彼女のことだから審査員の評価に不満を爆発させて激怒することもあり得ると思っていたが、そうはなっていなかった。絶望に打ちひしがれているようで、茫然としたまま機械のように温度のないつぶやきを漏らしている。

「なんで……なんでこうなるの……。アタシは、負けてなかった……なのに……」

「エリ」

詩歌が、渋谷に歩み寄る。

膝をまげて、目線の高さを合わせて詩歌は言った。

「やくそく、まもって」

「アンタの言うとおりに歌え、だっけ。それで、コラボしろって」

「うん」

「好きにすれば……。もう、なんでもいい。乃輝亜のことも、好きにして」

「うん。じゃあ、お願いの内容だけど――」

詩歌は、彼女にしては強い意思のこもった、はっきりした口調で言う。

「ホイッスルボイスを、二度と使わないで」

「は……？」

「エリは、地声がいちばん綺麗。ホイッスルからは、すごくいやな〝色〟が視える」

「は、はは。よっぽどアタシを恨んでるのね。そりゃそうか、自業自得よね。笑える」

「ちがう」

「何がちがうっていうのよ⁉　ホイッスルをやめろって……そんなの死ねって言ってるのと同じじゃない‼」

声を荒らげて、渋谷は食ってかかる。

けれど彼女の表情にはこれまでの狂犬じみた威圧感はなく、雨に濡れた子犬のように弱々しかった。

詩歌は、困ったような顔をする。

「ごめんなさい。でも、エリはそっちに行かないほうがいい気がして。うまく言えなくて、ごめんなさい……」

「――あの、横から口を挟んでもいいかな？」

言い合う詩歌と渋谷に声をかける人物がいた。

審査員のひとり、釧路怜悧だ。手袋をつけた左手を軽くあげて、気まずそうな苦笑を浮かべている。

「釧路先生……」

「僕が君を90点にした理由ね、教えるつもりはなかったんだけれど。どうやらそちらの池袋詩歌さんは気づいてしまっているようだ」

「え？」

「君はかなり無茶な訓練を積んで6オクターブの声を手に入れてる。君の本来の歌声は、もうすこし低い音域だろう？　ホイッスルはただでさえ喉に負担をかける。高音の才能がない君がそれを続けたら、遠からず歌えなくなるだろう。最前線で戦えるのは、おそらく二十代のうちまで、かな」

「な……⁉」

渋谷は絶句した。

その表情に釧路氏は意外そうな顔をする。

「おや、知らなかったんだね」

「ある程度のリスクは覚悟していました。でも、そんなに短いなんて……」

「なるほど、だったら教えたほうがよかったか。――ありがとう詩歌さん。僕は危うく、ひとりの天才を潰す選択をしてしまうところだったよ」

「……どういたし、まして？」

「生徒さんに評価基準を話すのは本来NGなんだが、君の健康が懸かっているからね。僕の責任で教えるけど実はこの試験、『将来性』と『プロとしての継続性』も評価するよう言われているんだ。他の審査員の方は、喉を壊してでも瞬間風速の感動を重視する世界で生きてきた方と、楽器の世界で生きてきた方だからその点には目をつぶってくれたんだろうけど、僕はそういうわけにいかなかった」

「三十歳までは活動できない。だから、点数を下げた……？」

「そういうことだね。でも君は納得ずくでその道を突き進んでいる可能性があったから、僕が余計なアドバイスをして迷いを生じさせるのはどうかと思ったんだ」

「そう、だったんですね……。詩歌、アンタも、ずっとそれを心配して……」

渋谷の声から力が抜けていく。

詩歌は首を横に振った。

「そこまでは、わからなかった。ただ、無理してることは、〝色〟でわかったの」

「〝色〟……？」

「うん。自然のなかにあふれる音は、どれも綺麗な色をしてる。作られた音でも、その在り方が自然だったら、綺麗な〝色〟になる。……でもね、あのときのあなたの歌声は、何かが歪(ゆが)んでいるときの〝色〟だった」

「でも、それなら駄目なやつだなって見限って、放っておくこともできたよね？　なんでアタシを救おうとしてくれたの？」

「もったいなかったから」

「もったいない？」

「上からヘンテコな〝色〟で塗られてるだけで、その下に見えてるエリの本来の〝色〟はとても綺麗だった。だから……それを見たくて」

「そう……そういう、ことだったのね……」

不器用ながらも自分の想(おも)いを伝える詩歌(しいか)。そのたどたどしい説明を聞くにつれて、渋谷の表情はだんだんと切なげに歪んでいく。

第三者の俺からすれば、どちらもあまりに不器用すぎた。

片や己の内にこもり、言葉を胸の中だけで留(とど)めてしまうコミュニケーション弱者、詩歌。

片や己の心を言葉の弾丸にして強引に押しつけてしまうコミュニケーション弱者、渋谷。

互いに音楽でしかロクにメッセージを伝えられない不器用なやつらだからこそ、たったこれだけの会話で仲を深めるために、壮大なバトルが必要だったんだろう。

渋谷はあふれる感情をこらえるようなしょぼくれた顔で、詩歌に向けて深く頭を下げた。

ふるえる声で言う。

「……ごめん」

「えっ」

「ごめんね……アタシ、そうとは知らずに、ひどいことばっか言って……」

詩歌の胸に顔を埋(うず)めて、声をふるわせる渋谷。

一瞬だけ詩歌は、どうすればいいのかわからない、と、不安そうな顔を俺に向けてきた。

しかし俺がすぐにうなずいてやると、詩歌は……おそるおそる、ゆっくりと、おずおずと、ではあるけれど。

両手を、渋谷の背中に回して。

まるで母親のように。姉のように。あるいはふつうの友達のように。

抱擁すると、ぽんぽん、と、泣いている渋谷の背中を優しくたたいていた。

「わたしも、ごめんね。うまく言えなかったから」

「ううん。最低だよ、アタシ。ごめん……ごめん……！　ほんとうに、ごめんね……っ」

詩歌の小さな体に抱きついて、渋谷はすすり泣いた。

張り詰めていた糸が切れて歯止めが利かなくなったのか、とめどなくあふれるままに涙を流し続けた。

そんなふたりの若き天才を見て微笑むと、釧路氏は後ろにいる他の審査員たちに言う。

「今年の繚蘭は豊作ですね。この子たちの将来が楽しみです」

「うむ！」

「ええ、ほんとうに」

大牟田氏と海老名氏も満足げにうなずいた。

そして昼休みのチャイムが鳴ったのを聴いて、審査員の3人は、大講堂を去ろうと審査員席から歩きだす。

「釧路先生。最後にひとつ、質問させてくださいっ」

その背中に渋谷が声をかける。

釧路氏が振り返って、うながした。

「どうぞ」

「アタシがホイッスルボイスを封印していたら……今日の試験、100点をつけてくれていましたか？」

たられば、の議論に意味はない。そんなことは彼女も承知の上だろう。

これは過去にしがみついて、駄々をこねるための問いじゃない。

未来に向けての問い。自らが進むべき道を考え直すための質問だ。

若き天才の真摯な疑問に、釧路氏は笑顔で答えた。

「どれだけ歌声のパワーが落ちるかは、聴いてみないとなんとも言えないけど……。ただ僕の見立てだと、ホイッスル抜きでも君の表現力は群を抜いてると思うよ。じゅうぶん、100点に値する」

「ありがとう、ございました……！」

勢いよく頭を下げる渋谷。ひらひらと手を振って、審査員の大人3人は大講堂を後にした。

健闘を称え合う詩歌と渋谷の姿を見て、俺は、ふう、と安堵の息をついた。

たぶん、渋谷エリオはもう大丈夫だ。詩歌に悪影響のある行為もしたりしないだろう。

詩歌が渋谷の声に疑問を抱き、〝シーカー〟の曲を使ってまでぶつかろうとした理由もわかった。

渋谷の本当の声こそが〝絵具箱〟に新しく加えたい、素敵な〝色〟をもつ音なんだろう。

天才たちの物語が収まるべきところに収まって、本当によかった。

――残っているのは、些末な問題だけだ。

「狛江。ひとつ教えてほしいんだけど、いい？」

「え？　あ、ああ、べつにいいけど。……なんか怖い顔してないか？」

「さっきの渋谷たちの話を聞いてて、気になることがあってさ――」

俺は狛江にいくつか質問した。自分の中で芽生えた疑惑、仮説、を検証するために。

そして、狛江からの返事を聞くにつれて、疑惑は確信に変わっていく。

詩歌と渋谷を取り巻くあらゆる不穏の影の正体、その輪郭がはっきりと浮かびあがった。

俺の考えを聞かせると、狛江は青ざめた顔になって。

「それ、マジかよ。だとしたらエリオちゃんは……」

「ああ。おまえと一緒に歩みたいんだ。そして、だからこそ渋谷はいまの状況に置かれてる。――行ってやれ。で、ふたりで今後のことを話し合ってほしい」

「わ、わかった」

「頼んだぞ。それじゃ」

そう言って俺はナメクジの乗った葉を手に席を立った。

「楽斗はどこ行くんだよ」

すぐそばで俺と狛江の会話を聞いていた秋葉も、シリアスな声で訊いてきた。

俺はニッと笑って答えた。

「ちっと出かけてくるわ。ナメクジ、捨ててこなきゃだし」

＊

雨は昼過ぎに大雨へと変わっていた。

繚蘭高校の広大な敷地内、晴れの日であれば生徒や教員の憩いの場になっていただろう紫陽花の咲き誇る屋外庭園はいまは人影ひとつない。校舎や他の建物からも遠く生け垣に囲まれた内側なのもあって、中の様子をうかがう者さえ皆無だった。

俺はナメクジつきの葉を紫陽花の根本に置いた。元気でやれよ、と声をかけながら。

傘はさしていない。全身はもうずぶ濡れだったが、まるで気にならなかった。

だって、どうせこのあとすぐに汚れる。傘をさしたって、誤差でしかない。

背後で足音がした。

「へえ、よくこれたじゃん。卑怯者のくせに、勇気あるね」

「あんな呼び出し方をされたら、こないわけにいかないでしょう。脅迫ですよ、あれは」

「脅迫よりもタチ悪いことしてるやつがよく言うよ」

「……やれやれ。そんなつもりで名刺を渡したわけじゃないんですがね」

俺は振り返った。

そこにいたのは眼鏡をかけたスーツ姿の長身男性。傘をさしているが、顔はよく見える。

クイーンスマイル社員、渋谷エリオの担当マネージャー、中目黒晋平だった。

俺は以前もらった名刺に書かれていた携帯の番号に電話をかけ、この男を呼び出した。

用件は当然、詩歌のアンチコメントを継続的に書き込んでいた件について。

「あんたのやったこと、週刊誌にたれ込んでいい？　それとも影響力のある配信者に情報を流す？　警察への通報でもいいよ。好きなのを選びなよ」

「ふむ。その前に、何を根拠に言っているのか、お聞かせいただけますか？」

「あー。しらばっくれるタイプね。なるほど。ちょっと説明がめんどくさいんだよなぁ。どこから話すかね」

俺はこめかみをトン、トン、トン、と三回、リズムよく指でたたいた。

脳内で情報を整理して、口をひらく。

「まず、電話でも伝えたとおり、俺はアンチコメントを書いた人間の端末を特定してる。それは、渋谷エリオのスマホだった」

「ふつうに考えれば、彼女が犯人ということになりますね。担当マネージャーとしては、それはそれで困りますが」

「でも、だとしたら一個、おかしな点がある」

「といいますと？」

「彼女のスマホを使っているそのアカウントは、渋谷エリオの配信にもアンチコメントを書いていたんだ。わざわざ自分でそんな胸糞悪い空気を作ろうとはしないだろ？　ふつうに考えたらおかしい」

「悪意ある友達にやられたのでは？　彼女は友達によくスマホを貸しているそうですよ。写真を撮らせたりね。いたずらされる隙はいくらでもあったはずです」

「俺もその可能性を一度は考えたけどさ。それも、あんましっくりこないんだよね」

「ほう」

「渋谷に自演の濡れ衣着せたいなら渋谷の本アカで仕掛ければいいわけじゃん。複アカを使って詩歌や渋谷をディスるだけなら、べつに自分のスマホでやればよくね？」

「…………」

「だからさ、べつの理由があったと思うんだよね。わざわざ渋谷のスマホから、そういう悪質な行為をした理由が。──たとえば、いつか開示請求を受けて渋谷が訴えられるように仕向けたかった、とか」

「ふ、フフ。なんですか、そのトンデモ推理は。コメントを書かれた相手がどう出るかもわからないのに？」

「数字が伸びそうな人間に絨毯爆撃したんだろ。何人かにしつこくやれば、必ずそういう動きをしてくるやつが現れる。最近は芸能人への誹謗中傷を罰しようって空気もあるからな、引っ掛かる可能性は高い」

「それを、私がしたと？」

「ああ。友達にスマホを貸すぐらいだ。必要があったらマネージャーのあんたにも貸してるだろ。レッスン中の撮影やＳＮＳの投稿なんかを任せてるはずだ。あいつ、マジで音楽馬鹿みたいだからな。他人に見られて困るようなモンなんか何も入ってないんだろうよ。ホント、尊敬しちゃうね」

「意味不明ですね。マネージャーの私が、彼女の不利になることをして、何の意味があるのです？」

「経歴に傷がつかない程度に、渋谷を傷つけたかった」

「……！」

中目黒氏の表情が露骨に変わった。的を射ていたのだろう。

俺は追い打ちをかけるように言う。

「渋谷本人の配信にアンチコメントを残していたのも、それだ。とにかくあんたは、渋谷を傷つけることを試し続けていた。……彼女を孤立させて、事務所に依存させるために」

「根拠もなく、べらべらと。事務所の何を知っていると？」

「〝6オクターブの歌姫〟――っていうプロデュース方針を掲げて、渋谷にそのやり方を示したのはあんたなんだろ？　組織ぐるみか、あんた個人のやり方かは知らないけどな。二十代で潰(つぶ)れかねないやり方を、本人に黙って押しつけるとか鬼すぎんだろ」

　さっき狛江から聞かされたことを思い出すだけで、柄にもなく怒りがこみあげる。

『渋谷は、いつから狛江に高難易度の曲を作らせるようになった？』

『え？　えーっと、去年ぐらいだったかな。〝6オクターブの歌姫〟をキャッチコピーに掲げると決めてから』

『それさ、もしかして事務所のプロデュース方針だったりしない？』

『あ、ああ。その方向性でデビューが決まってからだ』

『あともう一個訊いていい？　――狛江は挿(す)げ替え可能のコマで、渋谷は超人気作曲家(コンポーザー)とのタイアップも企画されてるって話を前にしてたけどさ。その話、渋谷本人から聞かされたのか？』

『いや、その件については本人と話さなかった。なんか話題にするのも気まずくて……』

『じゃあ誰に聞かされた？』

『彼女のマネージャーの中目黒さんからだけど──』

そう。狛江は、中目黒氏の独断で渋谷から引き剝がされようとしていたのだ。

タイアップの件も、渋谷本人の同意を得ていたかさえ怪しい。

「6オクターブへの挑戦に成功した渋谷は、あんたにとっても、欠かせないプロデュース対象になった。だがあいつは狛江とふたりで上を目指すことにこだわっていた。その点で折り合いがつかずに揉めてたんだろ。渋谷もあの性格だ、納得いかないことなら容赦なく嚙みついてくる。……せっかく歌姫の素質を備えた貴重な才能に育ったのに、言うことをきかせられず、あんたはプロデュース方針を修正する必要に迫られた」

そこで、思いついたのだろう。

渋谷エリオを孤立させて、事務所への依存度を高め、操り人形にするための策を。

狛江乃輝亜に渋谷との間に壁ができるような情報を流して離間を謀り、あとはじわじわと渋谷を精神的に追い詰めていく。そして、極めつけは──。

「開示請求と、訴訟。いくら自分はやってないと訴えても、渋谷のスマホから書き込まれている以上、言い訳はかなり苦しい。……大事な時期になんてことをしてくれたんだと、事務所側からも渋谷を追い詰める気だった」

「タレントとしての価値を棄損してまで？　馬鹿な。リスクリターンが合っていません」

「だから揉み消しやすい範囲でやったんだろ」

「……ッ」

「潦蘭高校の生徒。事務所付きではなく、だけど影響力が大きくなり始めた配信者。他社の利益を侵害することなく、傷つきやすい多感な時期の子で、訴訟に使える金はある……それぐらいの相手だったら、訴訟沙汰になっても示談金と説得で簡単に揉み消せる。係争のノウハウも大手事務所ならたんまりあるだろうし、お手の物ってね。……うっ、ゲホ！　ゴホォ！　やべ、しゃべりすぎてむせた！」

慣れない長台詞のせいで、貧弱な引きこもり声帯が限界を迎えた。

詩歌や渋谷のような天才的な声を持たぬ凡人である俺には、ただ推理を披露するだけでもひと苦労だ。まったく、慣れないことはするもんじゃないね。

「とにかく、タネはバレてんだよ。もうしゃべるのきっついから、さっさと認めろ」

「はあ……。ったく、面倒なガキに目ぇつけられちまいましたね」

中目黒氏は傘を首と肩で支えて、胸ポケットからタバコを取り出して火を点けた。

口に咥えて、白い煙を吐く。

「人畜無害なサラリーマンをあまりいじめないでほしいですね。出世しなきゃ安月給なんですよ、私たち。可哀想だと思いませんか」

「知らねーよ、ばーか。十年かそこらで潰れるようなプロデュースをしたり、タレントが炎上しかねないアホな手を打ったりしてる無能だから給料あがらねーんだろ」

「素人が。スターがスター性を保てるのは、どうせ十年かそこらなんですよ。だったら、その十年をいちばん高く売れるようにするのが効率的だ。それに、仮に示談が成立せずに炎上してもかまわないんですよ」

「……なんだって？」

「VSINGERっているでしょう。キャラクターのガワをかぶせた歌い手。イマドキは、たとえ生身で炎上してもああいう形で転生することができる。〝6オクターブの歌姫〟という〝顔〟は、〝渋谷エリオ〟でなくとも引き継げるんですよ。勘のいい客は、同一人物だとネットで騒ぐでしょうが、ほとんどの人間にとってそこの真偽などどうでもいいですから。何事もなく活動させられる」

「くっさ。腐りすぎてて、鼻が曲がるんだけど」

「ふむ。ガキにビジネスの話は早すぎましたね。いいでしょう、いくらですか？」

「なにが？」

「私を脅迫するからには、お金が欲しいんでしょう？」

「いらねーよ、カス」

即答した。たしかに俺の日々のモチベーションは、ラクして生活費を稼ぐことだけど。

一番上にある使命は、詩歌の敵を排除することだ。

この男は、示談なんかで済ませてやらない。

「てめえは警察に捕まれ。どうせ他の担当タレントにも似たようなパワハラや虐待をしてるんだろ。証拠なんかいくらでも掘れる。余罪祭りだ」

「平和的な解決は望まない、と？　いいのですか？」

「ああ。てめえなんかの金がなくても、渋谷とコラボすりゃあ、たんまり入るしな」

「いえ、そうでなく――」

中目黒氏は湿ったタバコを地面に落とし、傘を放り投げた。

首とこぶしを鳴らし、たん、たん、とステップを踏み始めた。その軽やかな足さばきは、彼が何らかの格闘技の経験者であることを物語っていた。

「――骨を二、三本折って、まあ、通りすがりの酔っぱらいに殴られた、不幸な事故ってことでそのまま死んでもらいますが。いいのですか？　という意味です」

ああ、なるほど。そうくるのね。

まあ、そうくると思ってたけどね。だから傘をさしてなかったんだし。

とはいえ、この先の展開について、俺はまったくもって興味がない。

天才である妹、詩歌の人生を見守りたいだけだ。詩歌の平穏な日常を脅(おびや)かされないようにしたいだけだ。詩歌の周りの不穏な影の正体を突き止めて、脅威を排除する目処(めど)がついた時点で、これ以上の些細(ささい)な出来事は語るまでもない。

だから、まあ、とりあえず——。

ここから先は、カットで。

エピローグ

『大手芸能事務所クイーンスマイルの従業員、中目黒晋平（34）が、不正アクセス防止法違反の容疑で逮捕されました。昨日夕方5時ごろ、警察に匿名の通報が入り、都内の公衆トイレに駆けつけたところ数々の証拠とともに全裸で拘束された中目黒容疑者が発見されました。中目黒容疑者にはもともと同社所属のタレントから複数の通報が入っており今回逮捕に踏み切った模様です。警視庁では脅迫や強要、暴行の余罪もあるとみて捜査を進めています。尚、中目黒容疑者は発見当時、全身打撲、三か所の骨折を負っており、何らかのトラブルに巻き込まれたものと見てこちらも別の事件として捜査しています』

WAYTUBEにアップされたニュース番組の声が、我が家のリビングにたれ流されていた。

こたつの上に横置きで立てられたスマホが映し出すそれを、じーっと見つめていた詩歌が、俺を見てぼそりとつぶやく。

「兄、やった？」

「なんのことかなぁ～」

「しすてま、だっけ。なんかの、戦闘術？　みたいなやつ。兄、ゲームしてるとき以外、ずっと部屋で練習してる」

「おい秋葉ァ！　マグロはまだか！　詩歌がマグロを所望してる！」

詩歌の追及をごまかして、キッチンにいる秋葉へと叫んだ。お願いだから、これ以上はつつかないでほしい。バレたら逮捕されちゃう。

「マグロはフタを開けるだけなんだから自分でやれよ！　こっちは、おまえらが飲みたいって言うから鯛のあら汁作ってるんだぞ！　クッソめんどくさいのに！」

「1年生最強の歌い手のインタビュー要らないってこと？　マジ？」

「ぼいこっとー」

「てめえらあああちくしょうコラボありがとうございますううう！」

号泣しながら鯛のあら汁作りに戻る秋葉。

「涙を入れるなよ、味が落ちる」

「鬼ーっ！」

そんなふうに言い合っていると。

ピンポーン、と、チャイムが鳴った。

「動けよおおお！　ああもう、玄関の鍵あいてるから、勝手に入ってこーい‼」

「秋葉ー、出てー」

秋葉が大声で外に呼びかける。

詩歌のクローゼット以外は防音機能ゼロなボロアパートである我が家は、そんな原始的なやり方でもじゅうぶんに外の人間とコミュニケーションできてしまう。ガチャリとドアがあく音がして、足音が聞こえた。

「お邪魔しまーす。わっ、いいにおい。お吸い物？」

「どうもっと。おお、ここが詩歌ちゃんの家か。ちょっと狭いけど、中はしっかり綺麗にしてるんだ。さっすが～」

ダイニングに顔を出したのは、渋谷エリオと狛江乃輝亜だった。

今日は今後のコラボの打ち合わせを兼ねた、和睦パーティーのために集まってもらった。

「あら汁のいいにおいだけで済んでるのも、中が綺麗なのも、うちのおかげなんだけど……実力が評価されないタイプのポジション、つらすぎるぜ……」

秋葉の愚痴はさておき。

こたつの二辺を渋谷と狛江に譲ってやった。たいして広くもないこの家だけど、こたつがあるだけで4人は場所を確保できる。いやあ、こたつってホント便利だ。秋葉の場所がない気がするけど、料理中には気づかないだろうからまあいいだろう。怒りだしたらそのとき考えよう。

「詩歌、それと楽斗（がくと）も。いままで本ッッ当ぉ〜に、ごめん！」

「もういいって。詩歌には昨日謝ったんだろ」

「あやまられた。めっちゃあやまられた」

「や、実際アタシどうかしてたんだ。自分が何やってるのか、何が大切なのかわからなくなってた」

秋葉がすかさず出してくれた麦茶の表面を見つめて、渋谷は自嘲気味に言った。

「去年さ、マネージャーにいまのままじゃプロの世界じゃ通用しないって言われて、必死こいて特別な歌声を手に入れたの。自分でも薄々歌手としての寿命を削ってるんじゃないかって気はしてたんだけど、結果もついてきてたから、引くに引けなくて」

「実際、6オクターブってハンパないからなぁ。詩歌でも出せないわけで」

「がんばれば、ワンチャン」

「いや、無理しなくていいから。本気で」

「詩歌にアタシの声を否定されたとき……自分が間違った方向へ行ってるんだって、突きつけられた気がして。薄々感じてたからこそ、ワーッてなっちゃって。乃輝亜との関係も気まずくなってたから、よけいに……」

「そこはオレも悪かったよ……もっと真剣に、おまえと話し合う時間を作るべきだった」

「ううん、悪いのはアタシ。手に入れた力を振りかざしたいっていう未熟な考えのせいで、乃輝亜がやりたがってた大衆向けの曲を否定したんだよ。最低だよ」

「いいや、最低なのはオレだ。詩歌ちゃんに当てつけのような曲を提供したら、エリオが傷つくのはわかってたのに。つまらない嫉妬で、オレは——」

「そんな！　アタシが！」

「いや、オレが！」

「しつこいわよ！　乃輝亜は悪くないって言ってるでしょ⁉」

「ちょ、声でかっ！　おまえ声量すごいんだから近くで声張るなよ！」

「はーっ？　誰の声がうるさいって⁉　誰の声がジャイアンみたいだって⁉」

「そこまでは言ってねーよ！」

「あー！　あー！　あー！　はい、そこまで！　ここ壁薄いの！　近所迷惑！　ＯＫ⁉」

なぜかケンカに発展するふたりの間に割りこんで、俺が強引に中断させた。

渋谷と狛江はさすがに家主に申し訳なくなったのか、しゅんと小さくなった。

「ご、ごめん……」

「悪かった……」

わかればよし、だ。

「けどふたりとも、和解してもそんな調子なんだな。ケンカップルってやつか？」

「かっぷるー。ぷるぷるー」

俺と詩歌が囃し立ててやると、狛江と渋谷の顔がカーッと赤く染まっていった。

「ちがうし！　ビジネスパートナーだし！」「ちがう！　ビジネスパートナーだ！」

と、同時に同じように否定してみせる。そのハモりっぷりも可笑しくて、俺は笑った。

詩歌も、くすくすと笑っている。……おっ、珍しい。

コホン、と渋谷が咳払いをした。

「と、とにかく。そんなわけでいろいろ考え方をあらためることにしてね。——アタシ、クイーンスマイルとの契約を打ち切る」

「……中目黒さんの件で？」

「それもある。あの人がやったことを乃輝亜にぜんぶ聞いて、正直、鳥肌立ったし。許せないと思ってる。でも——」

それだけじゃなくて、と、渋谷は笑う。

「新しい夢ができたの」

「夢？」

「うん。正直、今回の事件って中目黒さんの独断なのか、会社の意向も絡んでるのかよくわからないでしょ」

「まあ、たしかに。実際、あの人のプロデュース方針で成功したタレントも大勢いたわけで。大人の世界じゃ、暗黙の了解で認められてたやりくちなのかもね」

「でしょ？　だからさ、見返してやろうと思って」

「見返す？」

「そう！　個人の力で、いまある大手事務所に負けないぐらいの結果を出す！　こっちがやりたいことやってるだけで、大人のほうからヘコヘコ頭を下げてくるような影響力を手に入れる！　正解はあいつらの考える方法だけじゃない。アタシらだけのやり方でだって、成功できる。それを証明してやるの！」

ぐっと握りこぶしを固めて力説する渋谷。その目には、見えない炎が燃えている。

改心しても狂犬じみた負けん気は健在のようだった。

「おー、そいつはすげえや」

「さすがエリ。大物」

　パチパチと拍手する、俺たち池袋兄妹。

「なに他人事みたいな顔してんの」

「みたいもなにも他人事だが？」

「一流の事務所をギャフンと言わせるぐらいの成長が必要なのよ。戦略が必要でしょ！　アタシも乃輝亜もぶっちゃけアホだから、戦略とかうまく練れないし。それに、せっかくこうして同じミュージシャン学科の仲間でめっちゃすごい子がいるんだし、協力しない手はないでしょ」

「ま、待て。つまり、渋谷。おまえは俺と詩歌とチームを組みたい、と？」

「そういうこと！　広報&軍師役で麻奈も！」

「なんか料理してるうちに、どんどんすごい話になってる……まっ、でも、おいしそうな話だし、うちはＯＫ！　乗ったぜ！」

「さっすが麻奈。話がわかるぅ～。でね、成功したら、ゆくゆくは事務所化するの。最強音楽ユニット爆誕！　どう？　熱くない!?」

「お、おう。えーっと、どうしたもんかな」

　猛烈な勢いで顔を近づけられて、俺は思わず仰け反った。歌だけでなく、普段のノリまで竜巻みたいなやつだ。

たしかにおもしろそうな話ではある。繚蘭高校での立場は確固たるものになるだろうし、そうなれば三年間、生活費に困ることはない。俺も、働かなくて済む。

おいしいこと尽くめだ。

あとは、詩歌がどうしたいか、それ次第。

かかわる人数が増えれば増えるほど、詩歌が、いやな〝音〟に触れる危険も増す。もし詩歌が嫌がるそぶりを見せたら、盛りあがっている渋谷には悪いが、鋼の意思で辞退するつもりだった。

「兄」

「ああ。どうする、詩歌？」

「やりたい」

——即答、だった。

なら俺も、躊躇する必要はない。

「よし、やろう。俺も詩歌も、その案に乗った！」

「のったー」

「や……やったー！　よろしくね詩歌！　よぉーし、アガってきたあああ！」

詩歌をぬいぐるみみたいに抱きしめて、大はしゃぎする渋谷。

もみくちゃにされてうっとうしそうな表情を浮かべた詩歌だったが、それは一瞬だけで。

次の瞬間には、ゆりかごに揺られているように、心地好さそうな顔になった。

そんでもって、妹のそんな幸せそうな表情にどこかホッとしている自分もいて。

「ほらおまえら、お待ちかねのあら汁だぞー！　ていうか誰もマグロ開けてねえのかよ！　皿出せ皿、開けてやっから！」

「デパ地下のけっこう高いやつじゃん。おいしそ……って大トロ、3枚しかなくない？」

「いただきまーす。ほれ、詩歌のも確保しといたぞ」

「うむ。褒めてつかわす、兄」

「じゃあ残り1枚はオレがもらうってことで」

「ざけんな乃輝亜！　それアタシの！」

「ダイエット中だろ。オレが協力してやるっての」

「はあああああ!?　それとこれとはべつなんですけどおおおお!?」

「うちのぶんの大トロ残す気なさすぎだろ！　もうちょい料理人を労われよ！」

「詩歌、2枚目」

「ぱくっ……うーん、んまぁ〜」
「「マジかこの兄妹、全部いきやがった‼」」

【チーム名】繚蘭高校ミュージシャン学科（仮）

【所属】
池袋楽斗　一八ライブ　チャンネル登録者数　０人（アカウントなし）
池袋詩歌　一八ライブ　チャンネル登録者数　３万６４００人
秋葉原麻奈　一八ライブ　チャンネル登録者数　８８００人
渋谷エリオ　一八ライブ　チャンネル登録者数　50万２７００人
狛江乃輝亜　一八ライブ　チャンネル登録者数　18万５０００人

ここに、繚蘭高校全校生徒を震撼させる巨大勢力が誕生した。
このチームの発足が、校内のあらゆる天才たちの興味と闘争心を掻き立て、やがて配信界や芸能界まで巻きこんだ大きなムーブメントの発端となるのだが——。

俺たちが、それを自覚するのは、もうすこし後の話だった。

《つづく》

あとがき

こんにちは、作家の三河ごーすとです。この度は『顔さえよければいい教室』をご購読いただき誠にありがとうございます。富士見ファンタジア文庫様では初めての登場となります。ファンタジア読者の皆様は初めまして。他のレーベルで私の作品を読んだことがある方はお久しぶりです。

さて、ここからは『顔さえよければいい教室』の内容にかかわることにも触れていこうと思うので、まだ読み終わっていない方はページを元の位置に戻してもらえればと。あとでゆっくりあとがきを読んでくださいね。

……はい。ということで、本作につきまして軽く語っていきます。

まず『顔さえよければいい教室』と若干刺激が強めのタイトルについてですが、こちらもちろん文字通りの価値観を強く肯定したいものではありません。顔のつくり、外見特徴の善し悪しに絶対の物差しがあるとは思いませんし、ましてや外見評価だけで芸能活動やあらゆる活動の結果が左右されるはずがありません。……が、だからこそ詩歌たち主人公が立ち向かうべき世界として設定させていただきました。

とは言っても〝顔〟の大切さを全否定するわけでもなく、いろいろな意味での〝顔〟を大事にする価値観も描いたり……とにかくこの題材について四方八方、さまざまな角度から光を当ててみたので、きっと誰かの心には届いてくれるんじゃないかなと期待しています。

あとまあ難しいこと抜きに、生活能力皆無な要介護系の脱力系無表情ヒロインっていいよね。楽斗にお世話される詩歌の姿は、想像するだけで幸福度が上がる最高のサプリです。超たのしい。


謝辞です。

イラストレーターのnecömi先生。数々の素敵なイラストをありがとうございました！ 楽斗や詩歌を始めすべてのキャラクターが魅力的で、新しいデザインやイラストが届くのをいつも楽しみにしていました。特に表紙はとても美麗で、思わず部屋に飾ってしまいたくなるほど……きっとこの本を手に取ってくれた方の多くも、necömi先生の絵に惹かれてのことだと思います。本当に感謝しています。このシリーズが大きくなっていくように全力を尽くしますので、一緒に作品を盛り上げていければなと思っています。今後ともどうぞよろしくお願いいたします！

Q-MHzの皆様。本作のオリジナルMVプロジェクトにて素敵な楽曲を制作していただき、ありがとうございました。1つの楽曲が出来上がっていくまでのプロの仕事にただただ圧倒されました。そうして完成した『全方向迷子カタログ』はとても素敵な曲で、個人的にも何度も聴いてしまっています（笑）。私の経験不足ゆえにいろいろと至らないところがあったかと思いますが、根気強くお付き合いいただけて大変感謝しております。今後ともどうぞよろしくお願いいたします！

ボーカル担当の楠木ともり様。とても難しい楽曲なのでどんなふうに仕上げてくださるのだろうかとワクワクしていたのですが、予想以上の、圧巻の歌声でした。天才シンガーである詩歌のカリスマ性と、ほんのりと香る危うさみたいなものがうまく掛け合わさっていて、読者の方に聴いていただくのが本当に楽しみになりました。ありがとうございます。今後ともどうぞよろしくお願いいたします！

作家かつ友人の高橋びすい様、弘前龍様、ミヤ様。音楽や芸能、配信などの知識周りをご協力いただきありがとうございました！

又、ご本人の希望でこの場所で本名は出せないのですが、音楽業界や芸能関係、ダンス等のカルチャーについて取材させていただいたM様。本作を執筆する上で必要なさまざまな知見をいただきました。M様の協力なくして本作は完成しませんでした。本当に本当にありがとうございます。

担当編集のS様&S様（なんとお二人とも同じ苗字(みょうじ)！）。「芸能モノ」という、前例があまり多くない企画を快く後押ししてくださり本当にありがとうございます。この作品が日の目を見れるのはお二人の力あってのことです。原稿の進捗などでご迷惑をおかけすることも多く心苦しいのですが、今後とも根気強くお付き合いいただけると嬉(うれ)しいです！

本作の出版に携わっていただいたすべての方。本作に限らず、いつもお世話になりっぱなしです。作品を書くだけでは読者のもとまで届かないので、皆様がいてこその作家だなぁと常々思っています。本当にありがとうございます！

そして最後に読者の皆様。『顔さえよければいい教室』を手に取って、最後まで読んでくださりありがとうございます！　この先もまだまだ天才シンガー詩歌が見出(みいだ)されていく物語を構想しているので、こちらのシリーズにも末永く付き合っていただけたら嬉しいです。

新しい物語の始まりはいつもワクワクします。すこしでも長く、深く、掘り下げて書いていけるよう頑張っていくので皆様引き続き応援してくださいませ。以上、三河ごーすとでした。

お便りはこちらまで

〒一〇二－八一七七
ファンタジア文庫編集部気付
三河ごーすと（様）宛
necömi（様）宛

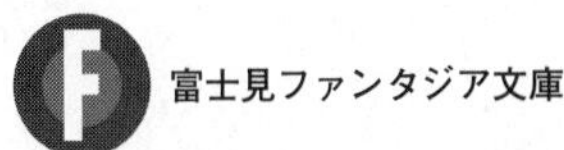

顔(かお)さえよければいい教室(きょうしつ)

1.詩歌(しいか)クレッシェンド

令和4年6月20日　初版発行

著者——三河(みかわ)ごーすと

発行者——青柳昌行

発　行——株式会社KADOKAWA
〒102-8177
東京都千代田区富士見2-13-3
0570-002-301（ナビダイヤル）

印刷所——株式会社暁印刷

製本所——本間製本株式会社

※定価はカバーに表示してあります。
●お問い合わせ
https://www.kadokawa.co.jp/（「お問い合わせ」へお進みください）
※内容によっては、お答えできない場合があります。
※サポートは日本国内のみとさせていただきます。
※Japanese text only

ISBN978-4-04-074543-5 C0193　◇◇◇

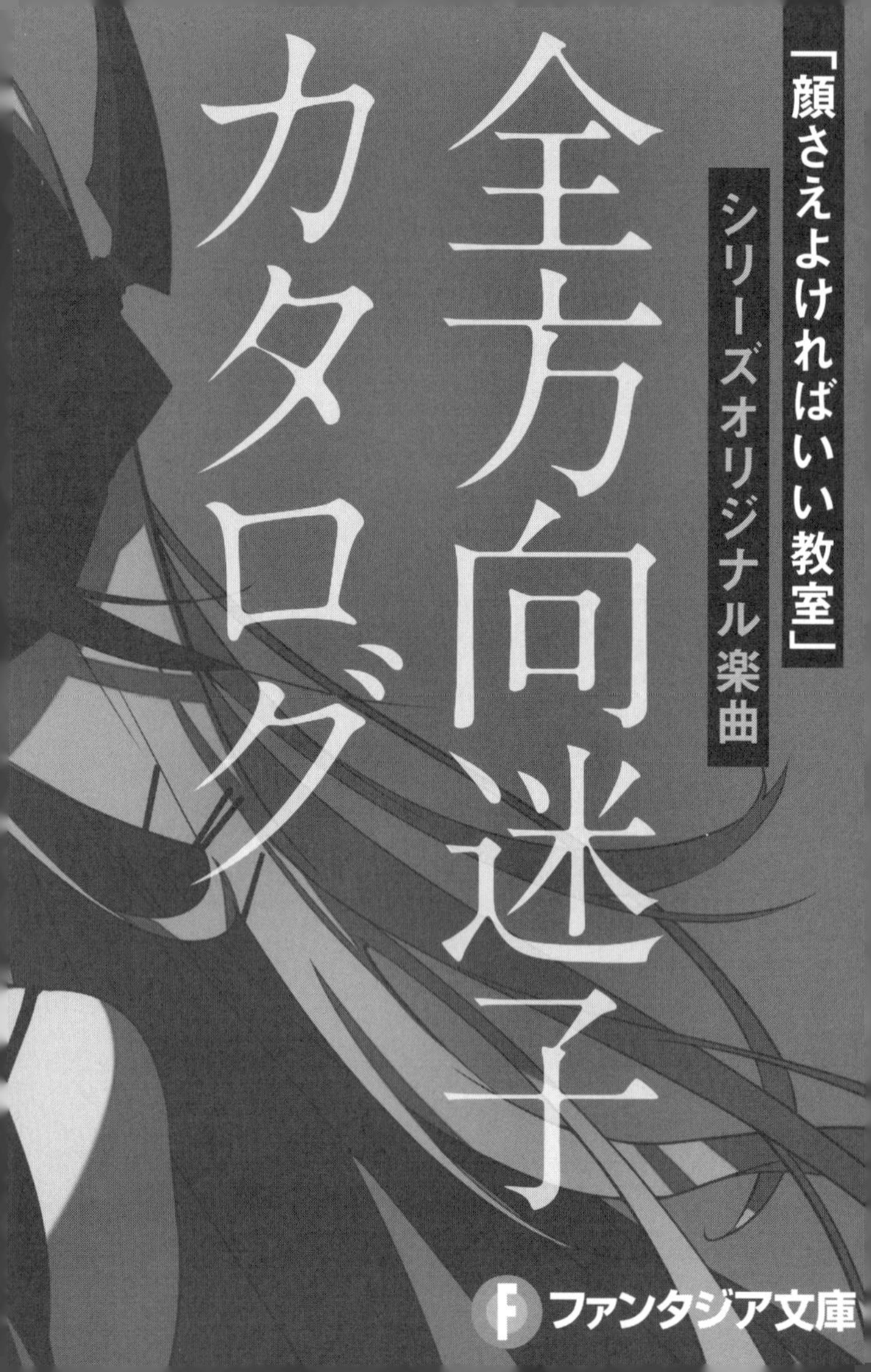
「顔さえよければいい教室」
シリーズオリジナル楽曲
全方向迷子
カタログ
ファンタジア文庫

MV公開中!!
Sound Produce
Q-MHz
Vocal
楠木ともり
illust
necömi

これは世界を救う

久遠崎彩禍。三〇〇時間に一度、滅亡の危機を迎える世界を救い続けてきた最強の魔女。そして——玖珂無色に身体と力を引き継ぎ、死んでしまった初恋の少女。

無色は彩禍として誰にもバレないよう学園に通うことになるのだが……油断すると男性に戻ってしまうため、女性からのキスが必要不可欠で!?

シン世代ボーイ・ミーツ・ガール!

王様のプロポーズ 1

King Propose

橘公司
Koushi Tachibana

[イラスト]——つなこ

最強の初恋
シリーズ
好評発売中!
F
ファンタジア文庫

細音啓が紡ぐ新たなるヒロイックファンタジー
細音啓
イラスト
猫鍋蒼
キミと僕の最後の戦場、あるいは世界が始まる聖戦
the War ends the world / raises the world
アリスリーゼ
帝国と対立しているネビュリス皇庁の第2王女で強力な氷の星霊を使う「氷禍の魔女」
至高の魔
敵対する